FOLIO JUNIOR

Titre original : *A passo di danza*
Édition originale publiée par Edizioni EL, Trieste, 2005

Beatrice Masini

Les chaussons  Roses

UN PAS DE DANSE

Illustrations de Sara Not

Traduit de l'italien
par Sophie Gallo-Selva

FOLIO JUNIOR/GALLIMARD JEUNESSE

L'« Académie » est une école de danse de roman, avec des règles de roman, où il se passe des choses de roman. Elle ressemble beaucoup à une vraie école de danse, mais n'existe pas vraiment. Ce qui est vrai, en revanche, c'est le mal que chaque élève se donne pour poursuivre son rêve.

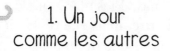

1. Un jour comme les autres

– Et un, et deux, et trois, et quatre. Et un, et deux, et trois, et quatre. Anna, attention à ton poignet. Flore, tes épaules. Et trois, et quatre…

Zoé déteste les pliés*. Elle les a toujours détestés, depuis qu'elle a l'âge de sept ans. Elle n'en a jamais compris l'utilité. Et puis dans ses pliés*, ses pieds ont la fâcheuse tendance de s'affaisser vers l'intérieur. *Plaf*, mous et affaissés comme ils ne doivent pas l'être.

– Zoé, redresse tes pieds. Bien plats. Plats, compris ?

Voilà, justement. Les pieds plats comme des plats. Plats comme des soles écrasées sur le parquet. Zoé imagine une longue rangée de soles, plutôt mortes, disposées à distance régulière, sur trois files, toutes avec les yeux voilés. Mme

---

1. Les mots suivis d'un astérisque sont en français dans le texte original.

Olenska serait contente d'elles, n'est-ce pas ? Plus plates que ça… Elle a envie de rire, mais elle réussit à transformer son gloussement en toux.

Mme Olenska la foudroie quand même du regard. On ne tousse pas, on n'éternue pas, on ne se gratte pas, on ne rit pas. On peut respirer, s'il vous plaît ? Il y a des jours où la réponse est toujours « non ».

Zoé soupire, mais très doucement, en soufflant avec le nez comme s'il la démangeait. Et en attendant elle descend et monte, descend et monte, un petit ascenseur télécommandé par la musique et par les ordres de Mme Olenska. Un peu plus tard elle n'y pense plus et réalise qu'elle n'est plus en train d'y penser, et elle se dit alors, comme elle le fait toujours, que dans le fond tout va bien. Puisque son corps fait les choses qu'il doit faire, et il est plutôt doué et obéissant (presque toujours, du moins), pourquoi sa tête est-elle si rebelle ?

Question de personnalité, probablement. En profitant d'un rapide cambré, Zoé jette un coup d'œil, à peine, au visage de poupée, sans expression et parfait, de Laila : mademoiselle* est française. Elle ne se rebelle jamais, elle. Elle ne tousse pas, ne se gratte pas, ne bavarde pas. Et tout ce qu'elle fait est parfait, tellement parfait que ça ne lui coûte rien et ne lui fait rien éprouver : il suffit de la regarder.

Mais, de toute façon, Zoé n'a jamais eu l'intention d'échanger sa place contre la sienne. Même si Laila est la plus douée de toutes, et par conséquent la préférée de Mme Olenska. On dirait vraiment une de ces poupées avec une clef dans le dos, que l'on remonte et qui bouge toujours de la même manière, avec la même séquence de gestes pensée par quelqu'un d'autre. Zoé est ravie d'être une vraie petite fille qui se trompe, qui bâcle et mélange tout, même si elle n'est pas parfaite. Et ici, à l'Académie, « perfection » est un mot gravé en lettres dorées et étincelantes au-dessus de toutes les portes, un mot qui brille et qui exige que l'on y brille aussi.

Clap, clap, clap. Mme Olenska rompt l'enchantement en frappant trois fois dans ses mains.

– Le cours est terminé, vous pouvez partir, au revoir*, dit-elle, comme chaque jour.

Et les élèves, dans un chœur monocorde, répondent :

– Au revoir, Madame*.

Zoé n'arrive pas à bien prononcer le doux « r » français, même si elle a essayé mille fois, pour tout dire, devant le miroir. Naturellement, ces mots glissent comme du miel de la bouche de Laila, du miel français. Miel*. Mais un peu de patience : passé cette porte, on peut hausser les épaules, on peut faire une grimace en cati-mini… personne ne cafardera, personne n'aime Laila.

Un bras se glisse sous celui de Zoé : c'est Léda.

– Tu lui en veux toujours ? murmure-t-elle, en réglant son pas sur celui de son amie.

Elle a du mal parce qu'elle est grande, elle a grandi tout d'un coup et a déjà l'air d'une adolescente alors que Zoé a encore la stature d'une petite fille. C'est étrange : elles ont été pareilles pendant des années, et maintenant Léda est lancée comme une fusée, on dirait que son corps est pressé. Pas Zoé : elle est toujours la même. Et rien n'a changé entre elles deux.

– Non, je ne lui en veux pas, admet Zoé, presque à contrecœur. C'est à moi que j'en veux de lui en vouloir. Je veux dire par là que c'est idiot. Elle est tellement Laila qu'elle ne peut pas faire autrement, ce n'est pas de sa faute.

– Peut-être même que ça lui déplaît d'être comme elle est. Qu'est-ce qu'on en sait dans le fond ? dit Léda, compréhensive.

Chère Léda, si gentille au plus profond d'elle-même. Elle n'est pas seulement bonne : elle est vraiment gentille, attentive aux autres, à leurs sentiments. C'est pour cela aussi que Zoé l'aime beaucoup.

La conversation s'arrête là, elles n'ont plus le temps. Jusqu'à présent, tous les élèves ont été très calmes, très tranquilles : on ne court pas dans les couloirs de l'Académie. Mais maintenant qu'ils sont sur le seuil des vestiaires, les garçons d'un côté et les filles de l'autre, c'est comme si une fièvre, une frénésie soudaine s'emparait d'eux : on se pousse, on se bouscule, on court vers les bancs où attendent les vêtements, fourrés plus ou moins en ordre dans les grands sacs pendus aux portemanteaux. Peu importe maintenant qu'une chaussette soit à l'envers, que le col de la chemise soit enfoui sous le pull-over : le mot « perfection » est seulement gravé dans l'enceinte de l'Académie. A l'extérieur, personne ne se soucie de ces choses-là.

Et puis il est l'heure de rentrer à la maison.

Zoé ne s'est pas encore habituée à la fierté qui lui enveloppe la gorge comme une écharpe enroulée autour du cou lorsqu'elle passe tous les matins sous les arcades qui longent l'Académie de danse, son école, l'école la plus importante de la ville, du pays et presque du monde et qu'elle entre par l'entrée des artistes. Même si cela fait cinq ans désormais. Il y a des choses auxquelles on ne s'habitue jamais.

Bien entendu, sortir ne fait pas le même effet : quand on sort, on court vers la vie quotidienne, les amis, la famille et les loisirs. C'est le chemin inverse, arriver, qui lui donne des frissons. Mais maintenant tandis qu'elle sort, qu'elle se dirige vers l'arrêt d'autobus et qu'elle attend, toute seule, que le bon numéro passe, elle éprouve une autre sensation, tout aussi familière et précise : un soulagement léger et agréable. Elle arrivera à la maison (toujours toute seule : c'est une conquête récente, de cette année, et sortir seule comme une grande personne lui fait encore battre le cœur) et elle sonnera, une seule fois, sa maman lui ouvrira la porte et la serrera dans ses bras. Elle aime savoir à l'avance que les choses se passeront ainsi. Ensuite il y aura le goûter, une tarte peut-être, des biscuits sablés, et puis la télévision. Sa maman s'assiéra à côté d'elle, elle le fait à chaque fois qu'elle a du temps et elle le trouve presque toujours, et elles regarderont sans trop y penser des dessins animés de sorcières et petites fées qui sont tous un peu les mêmes. Zoé se videra la tête en suivant distraitement le tourbillon des couleurs, des poudres magiques, des enchantements, parce qu'il n'y a pas vraiment d'histoire à suivre, mais seulement un défilé d'images, et peu à peu, presque sans s'en apercevoir, elle glissera vers sa maman jusqu'à ce qu'elle se love totalement contre son épaule, comme un paresseux mou de sommeil et avide de câlins.

Et à ce moment-là…

– Maman, pourquoi est-ce que tu n'aimes que Zoé ?

C'est la question préférée de Marta depuis quelques mois et Zoé ne sait jamais si elle doit sourire ou ressentir un peu de gêne. Bien sûr, Marta est petite, il faut la comprendre : cela fait six ans qu'il faut la comprendre et Zoé s'est habituée, même si ce n'est pas toujours facile. Cette question est suivie d'un plongeon sur le divan, et une présence, légère mais bien réelle, se glisse au sein de la douce étreinte qui liait Zoé à sa maman. Marta se fraie un chemin entre elles comme une chenille obstinée, en se contorsionnant jusqu'à les séparer. Est-elle réellement jalouse ? Ou n'est-ce qu'un jeu, ou plutôt un petit rite comme celui qui les lie, sa maman et elle ?

– Tu sais que je vous aime toutes les trois de façon identique, dit sa maman, de l'air de celle qui répète un refrain sans même penser à ses paroles.

– Tu le sais, n'est-ce pas ?

– Oui, mais je veux regarder les dessins animés avec vous.

Le duo se transforme en trio et s'abandonne peu à peu à l'engourdissement d'avant, en se laissant bercer par un générique musical japonais incompréhensif que Marta chante par cœur, en articulant d'absurdes sons avec une précision absolue.

– Oh, regardez-moi ça, la crèche au complet.

Zoé sent une ombre au-dessus d'elle, une ombre qui lui effleure la joue avec un baiser tiède. Est-il sincère, ce baiser ? Elle ne le sait pas.

Autrefois, Sara et elle étaient vraiment amies. Au fond, seules trois années les séparent, elles ont toujours été proches : même chambre, mêmes jeux, et Sara qui la maquillait et la déguisait comme si elle avait été une poupée vivante et qui la présentait orgueilleusement à ses amies un peu envieuses parce qu'elles n'avaient que des frères, les pauvres. Puis les choses ont changé. Zoé est entrée à l'Académie, Marta est arrivée. Une nouvelle maison avec une chambre pour chacune, des vies différentes, des occupations différentes. Et désormais Sara est grande, maintenant elle se maquille pour de vrai, même si elle le fait en cachette, et gare à celle qui cafarde – du reste Zoé n'y pense même pas : s'il y en a une qui parle trop, c'est Marta. Mais une espèce de réserve s'est insinuée entre elles, comme si elles étaient des camarades de classe mises l'une à côté de l'autre par une maîtresse étourdie, sans rien en commun, sans envie de découvrir si elles ont quelque chose à partager : tout ce qu'il y avait et semble avoir disparu.

– Allez, viens toi aussi, dit maman à Sara, qui se laisse tomber sur le divan avec un petit soupir. Alors Marta se dégage de sa niche et va s'appuyer contre elle. Elles sont toutes côte à côte, pour un instant. Puis le générique de fin des dessins animés défile et Marta se sauve. « Je dois aller jouer maintenant. » Voilà, l'instant s'est envolé. Sara aussi s'en va, sans rien dire. Encore un peu et maman la suivra. Mais en attendant elle est toujours là, tout entière pour Zoé.

C'est toujours Zoé qui aide à mettre la table le soir. Un des avantages d'être à l'Académie est que, lorsqu'on rentre à la maison, il n'y a pas de devoirs à faire, au moins pendant la semaine. Il faut travailler pour le lundi, mais papa est à la maison le samedi et le dimanche, et ces jours-là il s'occupe de la cuisine du début à la fin : courses, préparation et couvert. Son gratin de pâtes est le meilleur du monde !

Mais comme on est jeudi soir, c'est Zoé qui choisit la couleur des serviettes en papier pour qu'elles soient assorties à la nappe, et qui pense aussi à tout le reste. Entre-temps elle discute avec sa maman. Un autre long moment passé ensemble.

– Comment va Léda ? demande sa maman.

Elle se verse un verre de vin blanc et s'assoit, détendue.

– Ça fait longtemps que tu ne l'as pas invitée.

– Je l'invite, dit Zoé. Mais c'est elle qui dit non. Je crois qu'en ce moment elle n'aime pas se sentir observée.

– Oui. Je la comprends. Mais rassure-toi, si elle vient je ne la fixerai pas comme un animal étrange. Quand même, c'est amusant…

– Quoi ?

– Qu'elle s'appelle Léda. Son nom vient d'un mythe grec, le sais-tu ? C'était une jeune fille très belle dont Zeus était amoureux. Et pour la conquérir il s'était transformé en cygne…

– Toutes les danseuses sont un peu des cygnes, non ? dit Zoé.

Elle se souvient bien lorsqu'elle était petite – elle avait cinq ans – et qu'elle était allée voir pour la première fois un ballet en famille ; ce n'était pas *Le Lac des cygnes*, c'était *Giselle*, mais les danseuses avec leurs longs tutus blancs et leurs bras souples et ondulants lui étaient apparues comme des cygnes qui glissaient sur un lac.

– Oh, bien sûr, dit sa maman. Un nom très approprié. Mais peut-être que maintenant elle se sent davantage comme un vilain petit canard.

– De toute façon, elle est mieux qu'Anna. Au

moins elle a encore une belle peau lisse, normale quoi. Anna est pleine de boutons, la pauvre. Et elle ne touche pas au chocolat depuis des mois.

– Je suis désolée pour elle, dit sa maman. Lorsque vous étiez petites, vous n'aviez pas tous ces problèmes.

– Non, c'est vrai, dit Zoé. Il suffisait d'être douée.

– Et vous étiez toutes douées, au début. Douées, mignonnes et pleines de vie et d'envie de devenir encore meilleures. Les vraies différences commencent maintenant. Oh, mince, l'eau bout.

Sa maman se lève pour s'occuper des pâtes. Zoé se glisse hors de la cuisine. Elle s'arrête devant le miroir le long du couloir et ce qu'elle voit la rassure. Une jeune fille la regarde, ni grande ni petite, plus maigre que grosse mais pas trop maigre : ordinaire. Ses jambes sont longues, on le voit même dans son jean. Et les poignets qui dépassent de son sweat-shirt sont fins. Ses cheveux clairs sont encore tirés en un chignon serré, comme l'impose le règlement de l'école, mais quelques mèches se sont échappées des épingles à cheveux qui les retenaient et lui adoucissent les contours du visage, qui est un peu long, avec des pommettes saillantes. De grands yeux noisette. Des yeux couleur de miel, dit son papa.

Des sourcils doux. La même peau douce que Marta, avec les mêmes taches de rousseur.

Est-ce que je changerai ? dit Zoé à son reflet dans le miroir. Bien sûr que je changerai, mais à quel point ? Et comment ? Elle est un peu curieuse, Zoé, de découvrir ce qui lui arrivera. Elle a un peu peur. Mais elle sait qu'elle ne peut rien y faire : ce n'est que le temps qui passe.

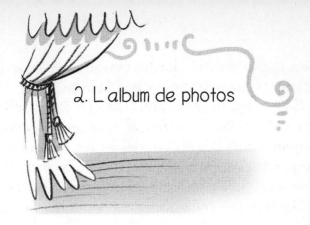

2. L'album de photos

– Regarde la drôle de tête que tu as ici : on dirait un petit fantôme.

– C'est la lumière, idiote. Les projecteurs font toujours cet effet, si tu n'es pas maquillée. Et tu sais que les petites filles ne se maquillent pas.

– En effet, je n'ai pas une peau de zombie, regarde. Maman m'avait maquillée en cachette…

– Vraiment ? Et personne ne s'en est aperçu ?

– Mme Olenska était trop nerveuse pour le remarquer. Elle était persuadée que le spectacle serait un désastre. Tu te rappelles qu'elle nous appelait le « cours des brouillonnes » ? Elle disait qu'elle n'avait jamais eu un cours de débutantes aussi désordonné, mon Dieu*…

Léda porte le dos de la main à son front et rejette la tête en arrière en une assez bonne imitation de Madame* dans ses moments les plus théâtraux. Zoé rit. Maintenant elle rit, mais en y repensant il lui semble ne pas avoir réussi à rire ne serait-ce qu'un tout petit peu au cours de cette si lointaine première année. Elle avait trop peur.

C'est samedi après-midi. Léda et Zoé sont en train de feuilleter l'album de photographies chez la grand-mère de celle-ci. Ses parents essaient de ne pas accorder trop d'importance aux études de Zoé et elle sait que c'est pour ne pas rendre Marta et Sara jalouses (elles y songent déjà toutes seules, à être jalouses). A la maison il n'y a donc qu'une photo de Zoé dans son premier et très simple justaucorps noir, à côté d'une photo de Marta en maillot de bain et d'une photo de Sara en tenue de ski : toutes les trois ont le même âge et ne se ressemblent en rien, en partie à cause de leur tenue, en partie parce que c'est comme ça. Les autres photos qui racontent la vie de Zoé à l'Académie sont rassemblées dans des enveloppes fermées dans le dernier tiroir de la commode du couloir, classées par année, spectacle par spectacle. Parfois, sa maman et elle les regardent, en général quand elles ajoutent la nouvelle enveloppe, mais seulement s'il n'y a personne d'autre à la maison.

Mais ici, c'est comme si Léda et Zoé étaient en terrain neutre (c'est ce qu'est la maison de sa grand-mère) où l'on peut faire les choses qui ailleurs sont interdites : manger dix bonbons d'affilée, regarder deux vidéocassettes de suite, patiner en chaussettes le long du couloir de marbre très glissant et justement regarder l'album de photographies de danse que sa grand-mère tient en secret, en se faisant donner les copies des plus belles photos et en les disposant avec soin : ici elle ajoute une phrase qu'elle a imaginée ou le vers d'une poésie, là elle met un dessin fait au pastel, une petite couronne de fleurs, une paire de chaussons.

Sa grand-mère est merveilleuse : elle est là mais on ne la voit pas. Elle a apporté le thé et les petits gâteaux (des langues de chat recouvertes de délicieux chocolat) et a disparu, les laissant seules avec une unique recommandation :

– Je ne veux pas d'empreintes de doigts sales sur l'album.

Aussi ont-elles d'abord dévoré les biscuits, puis elles se sont bien léché les doigts, comme des petits chats propres, et ont commencé à tourner les pages.

La photo du premier spectacle, avec Zoé petit fantôme et Léda maquillée en cachette, révèle beaucoup de cette première année à l'Académie. Zoé se souvient vaguement des épreuves d'admission, à la fin de l'école maternelle : c'était l'été, et ce qui le lui rappelle, dans son souvenir, c'est la lumière retenue avec peine par de lourds rideaux dans la grande salle où de nombreuses petites filles comme elle se déplaçaient librement sur un tapis de musique. On leur avait simplement dit : « Bougez, faites comme vous voulez, courez, sautez. En toute liberté. » Elle le faisait toujours à la maison, chaque fois qu'une musique s'échappait du lecteur CD, de la radio ou de la télévision : cela lui avait donc semblé naturel de le refaire même sous les yeux d'inconnus. Elle comprenait bien que c'était un jeu. Ensuite, il y avait eu la visite médicale. Elle ne s'en souvient pas, elle sait juste que ça se passe comme ça. Puis, un soir, c'était peu avant leur départ pour la mer, et Zoé l'a bien à l'esprit car elle errait dans les pièces de la maison pieds nus en tenant de ses deux mains sa nouvelle bouée gonflable rose, sa maman avait annoncé :

– Ils t'ont acceptée, mon trésor. A partir de septembre, tu iras à l'Académie.

Et elle l'avait serrée fort dans ses bras.

Voilà tout. En septembre, il y avait eu tant de choses nouvelles : le cours préparatoire (à l'école de l'Académie, mais pour Zoé, c'était tout simplement l'école) où il fallait respecter les règles, rester assise attentive et concentrée pendant des heures. Heureusement, elle savait déjà un peu lire et écrire, alors c'était assez facile. Ensuite il y avait le cours, le merveilleux cours pour devenir danseuse. Lorsqu'on lui avait donné le justau-corps noir, si simple, plus simple qu'un maillot de bain une pièce très simple, elle avait été un peu déçue. Mais les chaussons l'avaient comblée : ils étaient en cuir fin, rose pâle, avec les rubans pour les attacher et bien les serrer autour des chevilles. Ils étaient si beaux.

Au début, elle avait également été déçue par le cours : enfin, il n'y avait rien, dans les exercices qu'ils faisaient – toujours les mêmes – qui ressem-blait à ce que faisaient les cygnes sur scène. Et Mme Olenska l'avait dit immédiatement : « Travail, travail, travail. Pour devenir une bonne danseuse, il faut beaucoup de travail. Ne vous regardez pas dans le miroir, vous n'y verrez que des oies blanches brouillonnes. Pensez. Vos bras doivent penser, vos jambes doivent penser, vos pieds doivent penser… »

Il avait semblé étrange à la petite Zoé que les pieds pensent. A quoi pense un pied ? Que la chaussette mal enroulée le gêne ? Qu'il voudrait avoir les ongles bleus ? Qu'il adorerait être tou-jours nu, comme en été, quand il peut rester nu presque toute la journée, sauf s'il doit marcher dans les rues et sur l'asphalte ? Puis elle n'y avait plus songé : elle s'appliquait trop à regarder et à écouter. Mais à un moment donné elle s'était aperçue que c'était réellement ainsi : c'était comme si ses pieds pensaient tout seuls, parce qu'ils savaient quoi faire sans que sa tête le leur dise. Et les choses étaient devenues plus faciles.

Plus faciles. Pas faciles. L'après-midi, lorsqu'elle rentrait à la maison après l'école et les cours de danse, elle était parfois si fatiguée qu'elle s'écroulait endormie sur le tapis, devant la télé. Parfois elle se réveillait directement le matin suivant, dans son petit lit, miraculeusement en pyjama, et sa maman lui disait :

— Ce matin il faut que tu fasses un super petit déjeuner. Hier j'ai essayé de te réveiller pour le dîner mais je n'ai pas réussi.

Mais par la suite son corps s'était habitué à supporter la fatigue et elle avait arrêté de s'endormir d'un coup comme un petit enfant. Cela aussi l'avait fait grandir.

— Regarde là : on voit bien que tu ne savais pas où aller…

La voix de Léda la ramène sur le divan, maintenant.

— Et toi, tu regardes tes pieds ? Tu avais peur qu'ils se détachent et ne se sauvent de leur côté ?

Pour dire la vérité, ces dix petites filles en justaucorps noir (oui, flûte ! le même que tous les jours, pas de tutu pour le premier spectacle) ont toutes l'air perdu, si petites contre le noir

24

immense des coulisses et de la toile de fond : elles ont presque toutes les yeux fixés sur un point à leur gauche, l'endroit où se tient Mme Olenska, bien cachée du public, essayant par ses gestes de diriger leur incertitude. On ne peut pas dire que cela servait à grand-chose, à en juger par leur air perdu. Il n'y en a qu'une qui regarde droit devant elle, digne et sûre d'elle : Laila, naturellement, très reconnaissable, déjà parfaite.

— Et celle-là, qui est-ce ? dit Zoé, en indiquant une petite fille grassouillette avec des cheveux très noirs. On dirait un petit cochon.

Le commentaire est perfide, mais approprié : elle est réellement un peu trop grosse pour être danseuse.

— Elle s'appelait… Barbara, me semble-t-il. Oui, Barbara, et l'autre c'est Julia. Tu ne te souviens pas d'elles ? lui demande Léda. Julia pleurait sans cesse…

— Ah, c'est vrai.

Parfois elle-même avait aussi envie de pleurer, se souvient Zoé, surtout à ce moment-là : il suffisait d'une phrase cassante de Mme Olenska ou d'un de ses regards de travers, et elle ne réussissait à retenir ses larmes qu'au prix d'un immense effort. Sa vue se brouillait, tout était comme noyé pendant quelques secondes. Puis elle poussait un gros soupir et tout redevenait normal. Presque. On continuait.

– Elles ont toutes les deux abandonné à la fin de la première année…, dit Léda. Pas nous.

Elles se regardent et se sourient. Pas elles. Elles sont encore là. Elles ont réussi.

Léda et Zoé n'avaient pas été amies immédiatement. Au début, Zoé était trop concentrée sur les choses à faire et à apprendre pour regarder autour d'elles. Les autres enfants étaient tous un peu pareils, surtout pendant la leçon de danse lorsque leur tenue les transformait et que finalement, la seule distinction évidente était celle entre filles et garçons : même justaucorps, chaussons différents – noirs pour les garçons. Les fillettes, avec leur coiffure sévère (à l'époque c'était deux macarons, un de chaque côté de la tête, très difficiles à faire tenir : les premières fois on aurait dit des rouleaux de pinces à cheveux), formaient vraiment un tout indistinct. C'est Léda qui avait fait le premier pas, qui était venue vers elle : timide mais insistante.

– Est-ce que tu te souviens quand tu m'as offert la gomme rose de Hello Kitty ? lui dit Zoé affectueusement. Elle était un peu usée, mais me plaisait beaucoup.

– Tu la regardais sans cesse sans rien me dire. Tu la regardais plus que moi, sourit Léda.

– Mais tu y tenais tant. Tu m'as même demandé si je te laisserais l'utiliser encore, parfois.

– C'était un cadeau de mon père, dit Léda.

Et Zoé le sait déjà, mais on comprend bien que Léda fait exprès de le répéter, juste pour écouter ses propres mots.

Son père a quitté la maison deux ans plus tôt. Maintenant il a une autre famille et un petit garçon que Léda appelle « mon petit frère », exactement comme s'il l'était vraiment. Il l'est, bien sûr, mais ils se voient si peu que c'est plus une idée de petit frère. C'est du moins ce que pense Zoé, mais elle ne le dira jamais. Léda est déjà si fragile qu'il n'est pas nécessaire qu'une personne extérieure prenne le risque de la blesser.

Toutefois, elles sont inséparables depuis le jour de la gomme rose. Elles ont réussi à être l'une à côté de l'autre en classe ; elles se sont aidées pour apprendre à lire les lettres minuscules et à replier correctement les chaussettes blanches par-dessus les rubans bien serrés des chaussons ; ensemble elles ont supporté les phrases acérées et les regards noirs de Mme Olenska ; elles se sont consolées mutuellement quand elles étaient fatiguées et mécontentes d'elles-mêmes ; chacune a défendu l'autre des petites perfidies quotidiennes que Laila sème sur son passage comme le Petit

Poucet ses cailloux – excepté que les méchance-
tés de Laila ne mènent nulle part : elles font mal,
c'est tout. Mais maintenant qu'elles sont en train
de grandir et Léda la première, si rapidement, Zoé
a le sentiment que les choses ne seront plus aussi
faciles : qu'une gomme offerte, un élastique à cheveux prêté, un regard de connivence d'un côté à
l'autre de la salle pour arranger les choses ne suf-
firont plus. Et en effet, elle qui a toujours été
bavarde, qui dit toujours ce qu'elle pense sans
trop y réfléchir, s'oblige souvent à se retenir. C'est
comme si elle tournait autour de Léda sur la
pointe des pieds, pas sur les pointes (elles sont
encore trop petites pour porter ces chaussons-là),
mais doucement, sans faire de bruit, avec la plus
grande délicatesse. Jusqu'à présent, ça a marché.
Mais Zoé sait déjà que ça ne marche plus lorsque
Léda lui demande de but en blanc :

– Tu crois que je serai trop grande pour devenir
une étoile*?

La demande est venue spontanément : elles
étaient en train de regarder une photo du spectacle de troisième année, où cinq d'entre elles
avaient été choisies pour interpréter les petites
fleurs dans la chorégraphie du *Printemps* dansée
par Mara Simone. A cette époque, Mara Simone
était en dernière année, à un pas du diplôme,

mais tout le monde savait déjà qu'elle deviendrait soliste : on le voyait à sa manière de se déplacer, à sa grâce, à cette douce insouciance qui la menaient vers la perfection. Quant à elles, les petites fleurs (Léda et Zoé naturellement, en plus de l'immanquable Laila, de Sofia et de Maria Luce), leurs cœurs battaient la chamade à l'idée de se retrouver sur scène avec l'étoile. Naturellement, Zoé sait que c'est vrai en ce qui les concerne, Léda et elle – mais même l'impénétrable Laila trépidait pendant ces quelques jours et son regard habituellement si impassible devenait presque suppliant en présence de Mara Simone : « Regarde-moi, remarque-moi, laisse-moi devenir comme toi. »

Elles se sont amusées, elles étaient heureuses. Et finalement, elles avaient de vrais tutus, rose et vert, courts et à plusieurs épaisseurs de tulle ainsi que des couronnes de petites fleurs de soie sur la tête. Les pas étaient simples (Mme Olenska les avaient choisis exprès pour ne pas courir le risque qu'elles se trompent) et elles les avaient appris rapidement. Le spectacle fut un triomphe. Et tous ces applaudissements pour elles aussi, enfin.

Mais tout cela n'a plus aucune importance : ça s'est passé il y a longtemps et aujourd'hui, il y a la question de Léda-vilain-petit-canard qui a l'impression que, en fin de compte, elle ne réussira pas à devenir un cygne. Tout le monde sait que les étoiles doivent être petites*, comme dit toujours Mme Olenska. Il est difficile de trouver un danseur capable de soulever une grande fille d'un mètre quatre-vingts… sans parler de son poids. Et il ne sert à rien de faire un régime, les os et les muscles pèsent lourd quand on est trop grande.

Et voilà, le moment est arrivé : Zoé ne sait pas quoi répondre. Le papa de Léda mesure presque deux mètres – un géant, en fait ! – et en plus il est gros. Sa maman n'est pas petite. S'il n'y a pas, parmi ses grands-parents et arrière-grands-parents, un lilliputien pour équilibrer les comptes, Léda est destinée à devenir très grande. Jusqu'à présent elle était dans la moyenne, parmi les plus grandes certes, mais dans la moyenne. A présent elle dépasse déjà Zoé d'une tête.

Alors, que faire ? Être sincère ? Mentir ? Zoé hésite un instant de trop. Et c'est Léda qui reprend la parole :

– Je sais, maintenant tu vas me dire que je peux toujours me consacrer à la danse moderne. Mais je me fiche de la danse moderne.

Zoé sursaute : Léda parle toujours si convenablement que ce « je me fiche de » dit par elle semble un horrible gros mot.

Léda n'y prête aucune attention, elle ne la regarde même pas. Elle continue, le regard perdu :

– Moi je veux être danseuse classique. Et je ne veux pas finir danseuse
toutes catégories. De dernière catégorie.

Léda parle doucement, sans colère, sans agita-
tion. Comme si elle s'était dit et redit ces choses-
là. Et Zoé ne trouve rien de mieux à faire que la
prendre dans ses bras et la serrer fort, sans rien
dire du tout. Léda a toujours un parfum de camo-
mille si bon, si discret. Comme elle.

– Vous avez terminé de faire les nostalgiques,
vous deux ? Mon Dieu, à dix ans vous êtes déjà là
à ressasser le passé…

Sa grand-mère entre sans faire de bruit,
comme sur des patins, en portant un plateau
de beignets. Mardi gras est passé depuis un
moment, mais elle n'aime pas les conventions.
Immédiatement elle se rend compte que quelque
chose ne va pas, mais ne pose pas de question.
Elle s'assied dans le fauteuil, pose le plateau et
demande à Léda :

– Je peux ?

Puis elle lui prend l'album des mains, tourne les
pages et s'arrête.

– Voilà, dit-elle. C'est ma photo préférée. Parce
qu'on voit que vous êtes heureuses.

C'est la photo du spectacle de l'année précédente, la quatrième année. Le cliché final, pour

les remerciements. Lorsque l'on fait la révérence, il faut toujours sourire : c'est une des mille règles de Mme Olenska. Mais les douze sourires imprimés sur le papier glacé sont tellement différents, et si reconnaissables. Zoé n'a pas besoin de regarder l'image pour se le rappeler. Dans la première file il y a huit petites filles, dans la seconde, les quatre garçons. Elle est la deuxième en partant de la gauche et elle rit plus qu'elle ne sourit – comme Mme Olenska n'a pas manqué de le faire remarquer quand ils ont regardé les photos tous ensemble, le dernier jour de cours avant l'été :

– Zoé, on dirait une hyène. Toutes ces dents. Il y en a trop.

Après cela, elle est vite allée se regarder dans le miroir en imitant ce sourire et il lui a semblé avoir une dentition normale. Et puis les hyènes ricanent et sont perfides : à ce moment-là, Zoé était contente, c'est tout. Mais Mme Olenska a toujours raison. Léda aussi rit un peu trop, mais d'une manière douce et timide qu'il serait impossible de comparer à la grimace d'une hyène. Si un faon pouvait rire, voilà, c'est comme cela que Léda ferait. Et Léda rit parce qu'il y a son papa dans le public.

Le sourire le plus parfait (ça se dit, « le plus parfait » ? peut-être pas, mais c'est absolument approprié) est celui de Laila. Elle a été très bonne, Zoé doit le reconnaître. Elle a également interprété un bref pas de deux* avec Tristan, le garçon qui vient de l'école de l'Opéra de Paris et possède une technique stupéfiante. Elle a toutes les raisons pour sourire.

– Et cette année, qu'est-ce que vous ferez ? demande la grand-mère de Zoé.

Aucune réponse. Les bouches mâchent et il y a encore beaucoup de beignets exquis dans lesquels mordre. Après un long silence, Zoé avale enfin la dernière bouchée, lèche ses lèvres sucrées et dit :

– *La Classe de danse*. C'est ainsi que notre chorégraphie s'intitule. Elle est inspirée d'un célèbre tableau.

– Bien sûr : Degas, dit sa grand-mère.

Zoé continue :

– Il y a le professeur, et les élèves qui font ce que l'on fait durant un vrai cours. Il y a ceux qui se trompent et sont grondés, ceux qui sont doués et sont félicités…

– Toujours les mêmes choses, quoi, intervient Léda qui a fini sa part de goûter. Comme chaque jour.

– Laissez-moi deviner : le professeur sera interprété par…

– Laila, répondent en chœur Zoé et Léda.

– Tant mieux : ce doit être un rôle très ennuyeux.

– Oui mais elle a la badine… dit Zoé.

– Et naturellement elle doit montrer à tous la bonne façon de faire les choses, explique Léda.

– Bien sûr, elle serait plus amusante vêtue en Mme Olenska…

Elles rient toutes les trois en imaginant Laila enveloppée dans un des caftans extravagants avec turban assorti que la directrice adore.

– En effet, elle est en colère parce qu'elle ne portera pas de tutu. Elle pleurera toutes les larmes de son corps, dit Zoé.

– Pauvres de nous : si nous devons faire semblant de faire un cours, on aura encore un beau justaucorps noir comme la première année, dit Léda.

– Ce n'est pas dit, répond la grand-mère. Dans le tableau, les ballerines ont de vrais tutus, très beaux.

Zoé ne dit rien, mais ses yeux brillent. Démétra, la couturière en chef qui l'aime bien, lui a montré le dessin de leur tenue de spectacle : ce n'est pas un tutu de danseuse étoile, bien sûr, mais c'est un adorable justaucorps gris perle avec un court tour de tulle vaporeux sur les hanches, ourlé d'un imperceptible bord argenté. Collants blancs. Chaussons blancs. Tour de tête argenté :

34

un délice. Mais c'est encore un secret.

– Tu pourras toujours être mannequin. Tu es si belle que les stylistes se battront pour t'avoir, dit Zoé, de but en blanc.

Elles sont en train de rentrer chez elles, ensemble, à pied. Elles habitent à côté, la première arrivée est Zoé, Léda aura encore deux rues à traverser. Il ne semblait pas juste à Zoé de laisser la conversation comme ça, en suspens et de se laisser clouer le bec par la douceur des beignets.

Léda ne dit rien pour l'instant. Elles continuent un peu à marcher.

– J'ai l'impression que ça a duré trop peu de temps, dit-elle ensuite. Tout cela, je veux dire. Faire de la danse a toujours été comme un rêve pour moi. Je dis à tout le monde que je veux être danseuse depuis que j'ai trois ans. Et quand on m'a acceptée à l'Académie, c'était comme si je touchais le ciel. Parce que c'est ce que je voulais vraiment, tu sais ? J'ai toujours pris en compte la possibilité de ne pas arriver jusqu'au bout de mon rêve… Il y a tellement de bonnes danseuses et beaucoup sont meilleures que moi. Mais je pensais que j'aurais pu au moins essayer jusqu'à dix-huit, dix-neuf ans. Et ensuite décider, au pire, de faire autre chose, m'inscrire à l'université, faire comme tout le monde, quoi. Mais si je continue à grandir autant que maintenant, tu sais ce que Mme Olenska dira…

— On coupe immédiatement les branches sèches, récite Zoé, maussade, en citant une des phrases les plus féroces de leur professeur.

— Elle ne réfléchit pas à deux fois avant de jeter dehors ceux qui ne conviennent plus. Elle dit que c'est mieux ainsi.

— Et elle a peut-être raison, dit Zoé, très doucement.

Une longue pause. Des pas très lents.

— Je t'ai entendue, tu sais, dit Léda un instant plus tard. Et je le crois moi aussi. Mais ça signifie que je devrai peut-être devenir normale très tôt.

Elles ne disent plus rien. Elles se disent au revoir en silence, en s'étreignant rapidement et fort, devant la maison de Zoé. Celle-ci monte et pendant toute la soirée ne peut pas penser à autre chose qu'à la tranquille mélancolie de Léda, à ses désirs contrariés.

3. Mystérieuse Mme Olenska

— D'après toi elle a toujours été comme ça ?

— Comment comme ça ?

— Je ne sais pas, si terrible.

— Peut-être était-elle amoureuse d'un danseur qui s'est enfui en Amérique avec une autre.

— Un danseur ? Un chorégraphe, plutôt. Ou un chef d'orchestre aux cheveux tout décoiffés et à l'air fou d'Einstein.

— Qui a choisi sa carrière à la place de l'amour. Et quant à elle, elle a décidé de venir en Europe toute seule pour oublier, et au contraire elle se souvient très bien.

— C'est certain. Et c'est pour cela qu'elle est si terrible. Parce que c'est une espèce de vengeance inconsciente.

— Et nous, pauvres petits agneaux, nous sommes ses innocentes victimes.

— Innocentes, je ne sais pas trop. Parfois, elle a

raison de se fâcher. Nous ne l'écoutons pas vraiment toujours…

– Oui, je le sais. Cependant, elle ne devrait pas nous rudoyer devant tout le monde. C'est tellement humiliant.

– Oui, parce que tu t'imagines, être appelée toute seule dans son bureau ? Je mourrais d'effroi sur place. Raide.

– Mais non, elle n'est pas comme elle semble être. Maman dit toujours de ne pas se fier aux apparences.

Et Zoé a de bonnes raisons de dire que Mme Olenska n'est pas comme elle semble être. C'est un secret entre elles deux, quelque chose qui s'est passé il y a trois ans. C'était la fin de la deuxième année, et au cours des derniers mois Zoé travaillait mal. Elle ne sait pas pourquoi : peut-être un peu de fatigue, peut-être un peu de jalousie à la maison envers Marta qui était une petite fille adorable et adorée par sa maman et son papa. Peut-être uniquement n'en pouvait-elle plus d'être toujours à la hauteur des attentes de tout le monde : courageuse Zoé, si autonome, si consciencieuse. Peut-être s'était-elle lassée d'être toujours la même Zoé et cherchait-elle un peu d'attention. En revanche, son attention à elle s'envolait par la fenêtre ; et ses pieds n'en faisaient qu'à leur tête.

C'est ainsi qu'un jour, elle s'est réellement retrouvée toute seule dans le bureau de Mme Olenska. A la fin du cours, la directrice avait posé une main sur son épaule et lui avait dit : « Toi, tu viens avec moi. » Puis elle l'avait poussée dans le couloir comme un chariot de supermarché, un virage à droite, un virage à gauche, encore un à droite, l'Académie est un labyrinthe... La porte peinte en vert, entrouverte. Poussée. Puis toutes les deux à l'intérieur, seules.

Zoé n'était jamais entrée ici. C'est une grande pièce baignée de lumière, avec de très longs rideaux blancs (les plafonds sont si hauts) que le vent gonfle comme des voiles. Il y a une bibliothèque sur tout un mur ; un autre mur est recouvert de grandes photos en noir et blanc ; sur le côté resté libre, il y a le bureau grand et imposant, tapissé de cuir vert et une lampe dont l'abat-jour semble être une mosaïque de verre. Allumée, elle doit être belle : toutes ces couleurs éclairées de l'intérieur...

– Assieds-toi, avait dit Mme Olenska.

Inutile d'essayer de se distraire, de penser à autre chose. Zoé s'était assise sur le bord d'une des deux hautes chaises de bois, la plus éloignée du bureau. Mme Olenska avait fait le tour et pris place sur son fauteuil. Droite, comme toujours, le dos bien droit. Les yeux brillants, si terriblement bleus. Elle avait croisé ses doigts en faisant étinceler ses nombreuses bagues. Étrange, elle qui dit toujours : « Pas de bijoux, les filles », et renvoie dans les vestiaires celles qui ont oublié d'enlever ne serait-ce qu'une minuscule boucle d'oreille.

– Alors, avait-elle dit. Je vais te raconter une histoire.

Une histoire ? Zoé n'avait même pas eu le temps de s'émerveiller. Mme Olenska avait ouvert un tiroir, pris quelque chose et l'avait posé exactement devant Zoé. Une photo en noir et blanc dans un cadre de cuir rougeâtre. Une petite fille maigre avec un grand sourire, les cheveux rassemblés au sommet du crâne et un tutu de conte de fées, long et empesé comme en rêvent toutes les petites filles à l'Académie – mais ils ne sont pas autorisés, évidemment.

– Cette petite fille, c'est moi à ton âge, avait-elle dit.

Zoé avait blêmi, mais en cherchant à ne pas le faire remarquer : il est naturel que Mme Olenska ait été une petite fille, à une époque et quelque part. Mais si… si normale, voilà. A part le tutu.

– A ton âge, je venais d'entrer à l'École supérieure de danse de Leningrad. A l'époque, on l'appelait comme ça, mais à présent c'est Saint-Pétersbourg, comme du temps des tsars. Je venais de province et, pour mes parents, pouvoir se permettre de me faire prendre des cours de danse avait été un immense sacrifice. Des cours de danse privés, donnés par un ancien danseur du Bolchoï qui était revenu dans sa ville natale. Chez lui. Il n'y avait pas une belle salle de répétition comme ici : c'était un appartement minuscule, de deux pièces, et il avait installé dans la salle un très grand miroir sur tout un mur, avec la barre.

A ce moment-là, Mme Olenska avait le regard étrangement doux. Presque humide, aurait-on dit. C'est ce que Zoé avait pensé pendant un instant, puis elle avait écarté l'hypothèse : trop improbable.

– Nikolaï Grigoriev a été un maître exceptionnel, avait-elle repris. Il m'a enseigné en deux ans ce que les autres fillettes apprennent en cinq. Et il m'a préparée aux examens d'entrée.

Et voilà, avait pensé Zoé, le reste je peux le deviner. Elle a naturellement été admise immédiatement. Mieux, elle a été la première admise. Et elle est restée la première de son cours tout au long des huit années qu'a durée l'école. Il ne peut pas en être allé autrement.

– Je n'ai pas réussi les examens, avait dit, au contraire, Mme Olenska, à la grande surprise de Zoé.

Sous ses yeux écarquillés, elle avait repris :

– J'étais la première des non-admis. Puis, deux mois plus tard, une petite fille est tombée malade et a dû abandonner. Alors ils m'ont appelée. C'est la fin de l'histoire. Tu peux t'en aller.

On dirait plutôt un début, avait pensé Zoé, mais elle n'avait pas osé le dire à voix haute. Elle s'était levée, avait salué d'une brève révérence et était sortie.

Puis, seule dans le couloir, pendant le cours de gymnastique et durant tout le trajet vers la maison, pendue à la main de sa maman (elle était petite alors, sa maman l'accompagnait et venait la chercher tous les jours), Zoé s'était demandé pourquoi Mme Olenska lui avait raconté cette histoire. Sans la sermonner, sans la menacer. En fait, le message était assez menaçant par lui-même : si tu ne t'appliques pas, quelqu'un prendra ta place. Mais cela pouvait signifier un tas d'autres choses : on ne peut pas toujours être la première, par exemple. Ou encore : il faut devenir la première, c'est la chose la plus importante.

Toutefois, depuis ce jour, elle avait regardé Mme Olenska de manière différente. Et il lui arrive d'y penser encore, parfois, à cette enfant en noir et blanc avec un grand sourire : était-elle heureuse ? Fière ? Satisfaite ? Ou alors, dans le fond, effrayée d'avoir obtenu ce qu'elle voulait et de devoir en prendre soin pour le garder ?

C'est une des rares choses de sa vie qu'elle n'a jamais racontée à Léda, et elle n'a pas l'intention de la lui dire maintenant. C'est bien d'avoir une amie à laquelle on peut tout dire, mais on ne doit pas forcément tout lui dire. C'est bien, aussi, de garder certaines choses pour soi.

– Moi, j'ai peur d'elle, dit Léda après un moment. Elles sont en train de regarder un étrange dessin animé japonais : il s'intitule *Princesse Mononoké* et parle d'une fille-loup qui cherche à protéger la forêt du progrès. L'histoire est compliquée et on voit plein de sang, mais les paysages sont magnifiques.

– Peur de qui ? De la Dame de fer ? demande Zoé. Mais elle sait parfaitement de quoi parle son amie.

– Évidemment.

– J'ai peur qu'un jour elle ne m'appelle et me dise que je suis devenue trop grande, qu'il est inutile que je continue pour me faire renvoyer un an plus tard, que ce serait du temps perdu. Et puis que si je partais, je libérerais une place pour quelqu'un qui le mérite plus que moi. Tu sais, ce serait une tragédie pour maman.

La maman de Léda a fait de la danse quand elle était petite. Mais elle vivait dans une petite ville et son école ne valait pas grand-chose : c'était histoire d'en faire. Et ses parents ne lui auraient jamais permis d'aller dans une école sérieuse, loin de chez eux. Alors son rêve est resté à l'état de rêve. Il s'est réalisé avec Léda.

Zoé en avait parlé avec sa maman, une fois. Elle lui avait demandé :

— Pourquoi est-ce que tu me fais faire de la danse ?

Et sa maman avait répondu, sereine :

— Ce n'est pas moi qui te fais faire de la danse. C'est toi qui veux en faire.

— Oui, je sais, mais c'est toi qui m'as amenée aux épreuves d'admission.

— Évidemment. On n'a jamais vu une petite fille de cinq ans s'inscrire toute seule à un cours de natation, de peinture ou de danse. Je t'ai seulement observée. Il m'a semblé que tu aimais bouger. Alors je t'ai donné une chance. Si tu en avais eu assez, si ton papa et moi nous étions aperçus que ce n'était pas une bonne chose pour toi, que c'était trop fatigant ou que cela te rendait malheureuse, nous t'aurions fait arrêter sur-le-champ. Au contraire, je dirais que ça t'a plu de plus en plus, et que ça continue à te plaire. Ou bien est-ce que je me trompe ? Peut-être veux-tu me dire quelque chose ?

– Non, je t'assure, l'avait rassurée Zoé. Bien sûr que ça me plaît toujours. Je pensais à la maman de Léda. Tu sais, parfois j'ai la sensation qu'elle tient plus que Léda à la danse. C'est comme si elle voulait la convaincre que c'est la chose la plus importante du monde.

– Peut-être a-t-elle raison, avait dit sa maman. Tant que Léda y tient aussi, les choses peuvent continuer ainsi. Et j'ai l'impression que ton amie aime ce qu'elle fait, n'est-ce pas ?

– Je ne pense pas que Mme Olenska te mettra à la porte, dit Zoé. Et elle est sincère.

– Pourquoi pas ? Elle l'a déjà fait avec au moins, voyons… cinq, six, sept élèves. Sept filles en cinq ans.

– Oui, mais avec toi c'est différent. Tu es douée. Tu es juste un peu grande.

– Pire encore. Elle ne me mettra pas à la porte, mais elle m'humiliera tant que c'est moi qui voudrai partir…

Zoé ne sait pas quoi dire. Il est évident que Léda est un peu déprimée, et cette pensée la tourmente beaucoup. Mais elle ne peut pas l'aider, si Léda ne s'aide pas elle-même. Si elle ne retrouve pas un peu de confiance en ce qu'elle sait faire.

*

A la fin du film, Léda reste dîner. La maman de Zoé a commandé une bonne pizza et il y a de la glace à la fraise pour le dessert. Marta finit par avoir de la tomate sur tout le visage puis elle se jette sur sa coupe de glace avec la précipitation d'un chiot affamé. Sara est inhabituellement joyeuse : son équipe a gagné la partie de volley-ball, il faut fêter cela. Et la soirée est amusante. Lorsqu'il est arrivé, papa a dit, en faisant semblant d'être effrayé :

– Cinq femmes ? Je ne sais pas si je survivrai…

Mais, malgré la pizza et le reste, Léda est triste, absente. Zoé décide alors que le moment est venu de faire quelque chose.

Le jour suivant, au lieu de filer vers la sortie à la fin des cours, Zoé attend que tout le monde soit parti. Ensuite, elle traverse les couloirs (si étranges lorsqu'ils sont vides et silencieux) qui la mènent devant la porte du bureau de Mme Olenska.

Elle frappe. Deux fois, doucement.

– Entrez.

Zoé entre. Pas de révérence cette fois, on ne fait pas la révérence quand on est habillé normalement, ce serait ridicule.

– Bonsoir, Madame Olenska. Puis-je vous parler ?

Un signe de la main vers la chaise. Silence.

Zoé s'assied sur le bord de la chaise, comme la dernière fois. Puis elle décide que si elle veut paraître convaincante, elle doit avoir l'air plus sûre d'elle. Alors elle s'installe bien, les épaules appuyées contre le dossier rigide, qui la soutient et l'encourage.

– Je voudrais vous raconter une histoire, commence Zoé. Il était une fois une petite fille qui voulait devenir danseuse classique.

Mme Olenska la fixe en fronçant un sourcil, un seul. Comment fait-elle ? Zoé ne se laisse pas intimider par ce signe et continue :

– Mais à un moment donné, elle se mit à grandir, grandir, grandir... Elle était très inquiète, parce qu'elle savait que dans les corps de ballet classique il n'y a pas de place pour les danseuses trop grandes. Et, de plus en plus inquiète, elle commença à être distraite pendant les cours, à cafouiller, et à ne plus être aussi douée qu'elle l'avait été jusque-là.

Zoé fait une pause pour respirer : elle a parlé trop rapidement, les mots sont sortis de sa bouche comme un torrent. Mme Olenska l'observe avec une curiosité mêlée d'autre chose, de quelque chose qu'elle ne réussit pas à capter. De l'amusement ? De l'irritation ? Difficile à dire.

– Mais par la suite un très célèbre chorégraphe

monta un nouveau ballet, un ballet qui conquit le monde entier : il s'intitulait *Symphonie pour filles grandes* et il mettait en scène uniquement de grandes danseuses, justement. L'une d'elles, la soliste, disait adieu à ses pointes parce qu'elle comprenait qu'elle ne pouvait plus les utiliser, et elle les pendit à un clou sur le mur. Puis elle rencontra un maître qui la fit danser pieds nus et libre, et qui utilisa sa grande taille pour lui faire faire de très beaux jeux d'ombre avec son corps, des sauts et des figures athlétiques ; et les autres filles, grandes également, se joignaient à elle et un spectacle nouveau naissait, si moderne que tout le monde allait le voir et applaudissait à tout rompre.

Une autre pause, plus longue, cette fois ; parce que Zoé a fini de dire ce qu'elle avait à dire.

Mme Olenska prend la parole.

– Autrefois, dit-elle, et ses mots sont lents et solennels, je t'ai raconté une histoire. Aujourd'hui, tu m'en as raconté une autre. Je dirais que nous sommes quittes. Plus d'histoires, Zoé. Dorénavant, on travaille. Et elle penche un peu la tête de côté, en croisant les doigts devant elle.

Zoé se lève, dit « bonsoir » et s'en va.

Elle n'est pas assez naïve pour croire que les choses changeront uniquement parce qu'elle a parlé à Mme Olenska. Ou pour penser que son professeur ne s'était pas rendu compte toute seule des préoccupations de Léda. Mais il fallait qu'elle fasse quelque chose, et maintenant qu'elle l'a fait, elle se sent plus tranquille.

La directrice est une femme mystérieuse, mais c'est justement pour cela que Zoé l'aime bien. Sur le chemin de la maison, elle repense à la petite fille de la première histoire, la petite fille russe. Bien évidemment, si elle est arrivée de sa province à Saint-Pétersbourg, Leningrad, quel que soit son nom, cela signifie que ses parents ont dû l'y laisser. Qu'elle était interne.

A l'Académie, il y a peu d'internes et ils sont tous plus âgés. Ce doit être difficile de vivre à l'école : c'est un peu comme être en pension, telle qu'on l'imagine pour les enfants d'autrefois. Quant à elle, elle ne sait pas si elle pourrait être interne, même pour l'amour de la danse. Probablement pas. Heureusement que ce n'est pas son cas. Oui, heureusement. Après tout, qui sait comment la petite fille russe qu'était Mme Olenska allait, qui sait ce qu'elle ressentait ?

4. Pauvre Laila

– *Clop, clop, clop*…

L'imitation que Laila est en train de faire d'un cheval est très mauvaise. C'est le bruitage qui est très mauvais, parce que le mouvement des pieds est parfait. Il faut admettre qu'elle est extraordinaire, elle peut faire tout ce qu'elle veut avec ses pieds. Détestable Laila.

Cette imitation d'un cheval est une insulte évidente à Léda, et Zoé ne le supporte pas. S'il ne tenait qu'à elle, elle irait vers Laila et la pousserait pour la faire cesser. Peut-être qu'elle lui donnerait aussi un coup de pied. Deux coups de pied seraient parfaits.

Mais le règlement de l'Académie est clair. Ce ne sont pas des règles écrites, il ne manquerait plus que soit suspendu quelque part un écriteau disant : « Toute personne qui donnera des coups de pied à ses camarades sera exclue. » Mais on le sait. On suppose que les danseuses sont toujours belles, douces et gentilles comme elles en ont l'air. Se donner des coups de pied (et se pousser) ne sont pas des gestes de danseuse : mieux vaut un port de bras*, une arabesque*. Voilà : Zoé pourrait lever la jambe dans une impeccable arabesque* et par erreur fourrer le bout de son chausson dans l'œil de Laila. Ça oui, elle en a envie, tellement envie !

Mais elle est plus astucieuse que cela. Tout en enfilant ses chaussons dans le vestiaire (la leçon commence dans cinq minutes), elle réfléchit déjà à une vengeance aussi subtile que satisfaisante.

Le lendemain, de nouveau dans les vestiaires, Léda s'approche de Zoé et lui murmure à l'oreille :

– Tu as remarqué combien Laila est étrange aujourd'hui ?

Zoé, de nouveau occupée à lacer ses chaussons – ce qui doit être fait avec la plus grande concentration –, lève les yeux, puis les repose sur ses rubans.

– Tu as raison, dit-elle, en les serrant bien mais pas trop autour de sa cheville. Elle est toute rouge. Elle est peut-être malade.

Pendant le cours, il se passe quelque chose d'extraordinaire : Mme Olenska reprend Laila.

– Laila, s'il te plaît, sois un peu plus attentive.

Bien sûr ce n'est pas un reproche sévère, mais il suffit à faire rougir l'intéressée, parce qu'il n'arrive jamais, absolument jamais qu'elle mérite qu'on la reprenne ; les seules choses qu'on lui dit habituellement sont : « C'est parfait ainsi », « C'est très bien », « C'est juste ».

C'est vraiment un événement exceptionnel, qui laisse tous les autres bouche bée. Léda lance un regard dans le miroir à Zoé, qui pince à peine les lèvres. Puis Mme Olenska frappe trois fois dans ses mains :

– Que se passe-t-il, les enfants ? Concentrez-vous, je vous prie. Et le cours recommence.

Mais toujours grâce au miroir providentiel, Zoé surveille Laila et la voit lancer des coups d'œil de plus en plus insistants dans une seule direction ; et cette direction, c'est Jonathan.

Jonathan est anglais, il a étudié au Royal Ballet, puis son papa a déménagé pour son travail et sa famille l'a suivi. Bien entendu, on l'a accepté immédiatement à l'Académie. Il est mignon : il a les cheveux roux, d'un beau roux foncé, et la peau claire, mais sans les taches de rousseur qui, d'habitude, accompagnent cette couleur (et que Zoé déteste profondément sur son propre visage). Les yeux bleus, grand, mince, et très doué. Le seul problème est qu'il ne parle pas encore bien l'italien, il s'exprime donc très peu.

Et comme il est également un peu timide, Zoé l'a tout de suite compris, il a tendance à rester toujours et uniquement avec les garçons.

Lucas qui, parmi les garçons, est celui qui plaît le plus à Zoé (comme ami, bien sûr), dit que Jonathan est sympa. Il est donc parfait. Et Laila a aussitôt commencé à lui tourner autour, dès qu'il est arrivé, avec pour résultat de le faire se replier encore plus sur lui-même.

À la fin du cours, Paola dit à Laila :

– Tu es vraiment amoureuse, hein ? Tu le manges des yeux…

– Quoi ? Je ne vois pas de quoi tu parles, réplique Laila.

– Mais de Jonathan, non ? Pour te faire réprimander par Mme Olenska, tu dois être drôlement amoureuse. De toute façon, il ne sait même pas que tu existes…

Laila ne répond pas, mais arbore un petit sourire sûr de soi et continue de se déshabiller sans répliquer. Étrange, étant donné qu'elle est du genre à toujours vouloir avoir le dernier mot. Léda regarde Zoé, s'attendant à l'entendre glisser une de ses plaisanteries. Mais Zoé secoue la tête : elle sourit, elle aussi, en regardant le sol.

Le jour suivant, alors qu'elles sortent de l'école, Léda prend Zoé bras dessus, bras dessous et lui dit, doucement :

– Devine un peu ! Aujourd'hui quand je suis arrivée dans les vestiaires, il n'y avait personne, juste Laila. Et tu sais ce qu'elle faisait ? Elle lisait un petit morceau de papier tout chiffonné. Lorsque je suis arrivée, elle l'a froissé et a caché sa main derrière son dos. J'ai fait mine de rien, mais elle était si bizarre qu'elle ne m'a même pas fait le cheval. Je crois que Paola a raison : ce doit être Jonathan. Mais je ne pensais pas que Laila lui plaisait, enfin, elle est si détestable… mais ce billet, c'est lui qui lui a écrit, j'en suis sûre.

Et Zoé ne dit rien. Au contraire, elle change de sujet.

– Est-ce que tu veux venir chez moi voir un film ? J'en ai un nouveau, il s'intitule *Le Voyage de Chihiro*, il est du même réalisateur que *Mononoké*…

Une autre journée est passée. C'est la pause après le déjeuner, et les élèves de premier cycle sont tous en train de jouer dans la cour. Les garçons de cinquième année sont ensemble, en groupe, comme d'habitude. Étrange, ils ne jouent pas au football ; on dirait qu'ils discutent.

Tout à coup, Laila, qui était assise toute seule

sur le banc sous le marronnier d'Inde (elle est toujours seule), se lève, va vers le groupe des garçons, s'arrête à un pas de Jonathan, lui adresse un sourire sucré et dit à voix haute : « Oui. »

Tout le monde la regarde, abasourdi, y compris les filles autour. Abasourdi, parce que Laila ne parle jamais avec personne : enfin pour parler, elle parle, mais habituellement c'est pour lancer des moqueries diaboliques qui restent sans réponse. Et ce « oui » n'est pas une moquerie diabolique, c'est donc une nouveauté extraordinaire.

Jonathan est le plus stupéfait de tous.

— Oui quoi ? lui demande-t-il un instant après avec son accent étrange.

— Eh bien, tu m'as demandé si je voulais être ta fiancée, non ? Et alors, la réponse est oui, dit Laila, le sourire un peu plus figé et moins sucré.

Jonathan la regarde comme si elle était folle. Apparemment convaincu qu'il n'a pas compris, Lucas essaie de lui expliquer, en parlant très lentement :

— Elle dit que tu lui as demandé…

— J'ai compris, l'interrompt Jonathan. Mais je ne veux pas d'une fiancée. Je ne veux pas de cette fiancée.

Et il regarde Laila, très sérieux. On dirait presque qu'il est désolé pour elle.

 Celle-ci se tourne alors brusquement vers les filles de sa classe, agite le poing et crie :

— Vous me le paierez ! avant de se diriger d'un pas décidé vers la porte du bâtiment et d'y entrer, toujours seule.

Léda s'approche de Zoé.

— Quelqu'un a dû lui jouer un mauvais tour, dit-elle. On a dû lui mettre de faux messages dans son sac… et elle regarde son amie à la dérobée.

— Et elle s'est faite avoir, dit Zoé, en soutenant son regard.

— Eh bien, ça lui apprendra, dit Léda. Pour une fois, c'est elle la victime !

— Tu as raison, dit Zoé. Elle le méritait.

Lucas s'approche d'elles. Il fait un grand sourire, très blanc, qui tranche avec la couleur très foncée de sa peau.

— Qui a eu l'idée de cette petite plaisanterie ? demande-t-il, et il regarde Zoé. Je crois savoir…

— Tu te trompes, dit Zoé. Ce n'est pas moi.

— Tu es sûre ? insiste Lucas.

— Sinon je te le dirais, dit Zoé. Vraiment.

Lucas la regarde et la croit.

— D'accord, qui que ce soit, il a bien fait. Laila est odieuse avec vous toutes.

— Mais avec vous, les garçons, non, intervient Léda.

– Bien sûr que non, dit Lucas. Parce qu'elle ne nous considère pas comme des rivaux. En revanche, vous, vous êtes toutes de potentielles ennemies pour notre ambitieuse petite Française…

– Ça suffit, parlons d'autre chose, dit Zoé. Nous avons déjà perdu assez de temps. La pause finit dans dix minutes. Si on faisait rapidement une partie de balle au prisonnier ?

– Filles contre garçons ? Bien sûr ! dit Lucas, et il court chercher les autres.

– Vous êtes en sueur et essoufflés comme un troupeau de gnous au pré, dit Mme Olenska en observant sa classe au début du cours. Vous savez que je n'aime pas que vous jouiez à des jeux violents avant de venir à mon cours. Maintenant calmez-vous et essayez de vous concentrer sur votre travail. Laila, aurais-tu perdu l'habitude de te coiffer ?

Décidément, c'est trop. C'est vrai, Laila a le chignon tout de travers, sur le point de s'écrouler, et il y a plus de mèches qui pendent sur sa nuque que cela n'est permis. Elle est toute rouge – comme les autres, du reste – mais pour une raison différente : les autres sont en sueur après la féroce partie qui a vu triompher les filles de manière surprenante. Quant à elle, elle a le visage tavelé, comme une carte de géographie mal dessinée, et aussi le tour des yeux rouge vif. On dirait qu'elle est allergique à quelque chose. Aux plaisanteries, probablement.

Mais, après ce mauvais tour, elle ne peut supporter l'observation de Mme Olenska. Laila fait alors une chose que personne dans la classe n'a jamais osé faire : elle s'en va. Elle sort sans demander la permission et, si elle ne claque pas la porte, c'est uniquement parce que c'est une porte à battants, qui grince sur ses gonds, se balance lentement puis se ferme toute seule.

Tous les yeux se déplacent de la porte à Mme Olenska. Elle ne fait aucun commentaire et se contente de pincer les lèvres.

– Commençons maintenant, dit-elle, et elle donne le signal au pianiste. En première position. Et un, et deux, et trois, et quatre…

Plus tard, dans les vestiaires, il n'y a aucune trace de Laila. Le sac dans lequel elle range ses vêtements est vide, ses chaussures ont disparu de sous le banc. Elle est partie.

Léda se blottit contre Zoé et lui murmure :

– C'est toi, n'est-ce pas ?

– C'est moi quoi ? demande Zoé, mais elle a très bien compris.

– Qui a joué ce mauvais tour à Laila. Qui a caché les faux messages de Jonathan dans son sac.

C'est toi, parce qu'elle se moque sans cesse de moi…

– Non, Léda. Ce n'est pas moi. Zoé lève sur son amie un regard direct, clair, et Léda comprend que c'est la vérité.

Zoé soupire ; elle baisse les yeux puis les lève de nouveau vers Léda qui attend, curieuse.

– Ce n'est pas moi, mais j'aurais voulu que ce le soit, au moins jusqu'à un certain point, admet-elle. Ça m'ennuie quand elle te traite mal, ça m'ennuie toujours, même quand elle maltraite les autres filles. Et tout à l'heure, dans le jardin, quand elle s'est ridiculisée devant Jonathan et tous les autres, j'étais contente. Mais maintenant je ne suis plus contente du tout, parce que sortir de cette façon du cours est très grave, et Laila risque gros, tu le sais bien. Je me demande si ça en valait la peine, juste pour une plaisanterie. Si elle a réagi ainsi, c'est qu'elle a dû vraiment être très blessée.

Zoé et Léda ont désormais fini de s'habiller. Toutes les autres sont parties.

– Si ce n'est pas toi, ce doit être Paola, murmure Léda, en regardant ses pieds.

– Je ne crois pas que cela soit important, dit Zoé.

– Tu as raison, dit Léda. Puis avec fougue : ça m'est égal que Laila se moque de moi…

– Ce n'est pas vrai et tu le sais, dit Zoé. Et comment que cela ne t'est pas égal ! En plus, cela te fait mal. Mais tu n'es pas seule : je suis toujours avec toi. Et puis tu sais que ses plaisanteries sont idiotes. En revanche, Laila, elle, est toujours seule.

– Maintenant ne me dis pas qu'elle te fait de la peine, éclate Léda, presque vexée.

– Ce n'est pas ce que je dis. Je dis que je ne suis pas contente, voilà tout.

Zoé se lève et prend son sac à dos ; Léda fait de même. Elles sortent, parcourent sans se presser les couloirs, descendent l'escalier, arrivent dehors. Elles font ensemble le trajet de retour, sans aucune envie de parler.

Zoé se sent un peu coupable maintenant, parce qu'elle s'est bien amusée pendant la plaisanterie. Parce qu'à ce moment-là, elle a réellement souhaité avoir eu cette idée perfide. Mais à ce moment-là seulement.

A vrai dire, elle avait eu une idée perfide, encore plus perfide. Moins stupide, voilà. Plus subtile et peut-être un peu plus cruelle. Elle était déjà en train d'y penser, elle avait un plan… Alors il vaut mieux, tout compte fait, que cela se soit passé comme cela s'est passé.

Il y a un autre problème qui embrouille tout : Jonathan lui plaît, et beaucoup. Elle l'observe

tout le temps, en essayant
de ne pas se faire remar-
quer. Elle a appris par cœur la façon
dont ses cheveux un peu longs bouclent sur sa
nuque. Elle a remarqué ses mains un peu osseuses,
grandes pour son âge. Elle aime sa façon de parler
lentement, prudemment, en réfléchissant d'abord
à ce qu'il dit. Il lui plaît également parce qu'il est
mignon, un peu exotique et aussi parce qu'elle ne
le connaît pas bien.

C'est à cause de cela, parce que Jonathan lui
plaît beaucoup, qu'elle s'est sentie méchante
lorsque Laila a été humiliée devant tous les autres
à cause de lui (même s'il n'y est pour rien).

Elle est devant le téléphone maintenant,
à la maison. Elle ne connaît pas le numéro de
Laila : elle ne le peut pas, elle ne l'a pas fait une
seule fois en cinq ans, même pour lui demander les
devoirs quand elle était malade. Mais dans
l'agenda, sa maman garde, pliée, la liste des noms
et numéros de tous ses camarades. Si elle le sou-
haitait, elle pourrait l'appeler. Lui demander comment elle va, c'est tout, sans parler trop longtemps.

Ou bien elle pourrait faire le numéro de
Jonathan et lui demander, à lui, comment il va.

Deux coups de téléphone tellement différents,
tous les deux possibles, tous les deux là qui l'attendent, l'appellent.

Mais finalement Zoé tourne les talons. Elle va dans sa chambre, ferme la porte, s'allonge sur son lit et essaie de ne plus penser à rien. Il est difficile de savoir comment se comporter.

Quelqu'un frappe, n'attend pas de réponse, ouvre grand la porte de la chambre de Zoé. C'est Marta. Elle entre en trombe, très joyeuse :

– Regarde ce que m'a acheté maman !

Et elle montre son nouveau sweat-shirt – qu'elle porte déjà – blanc, avec un grand arc-en-ciel imprimé devant.

– Elle en a pris un pour toi et un pour Sara exactement pareils, tu es contente ?

Zoé fait un sourire un peu forcé. Il ne manquait plus que cela, ressembler à une équipe de football ! Mais le sweat-shirt est joli et sa sœur est si contente pour un si simple arc-en-ciel imprimé qu'elle ne peut que l'embrasser. Et c'est ce qu'elle fait : elle l'étreint, respirant le parfum de pample-mousse de son shampoing et, en dessous, son odeur d'enfant qui a été à l'école, un mélange chaud de potage et de craie. Marta se tortille, lui échappe :

– Finis les câlins, Zoé, lui dit-elle. Est-ce que tu veux jouer avec mes Bratz ?

Zoé fait la grimace : elle n'aime pas ces poupées aux yeux écarquillés et trop maquillées. Pourquoi les petites filles ne peuvent-elles plus jouer avec des poupons ?

Marta attend. Finalement, Zoé dit oui et se laisse entraîner dans la chambre voisine qui n'est qu'un amas de peluches, de bonshommes en tissu et de petits accessoires pour poupées qui ne savent plus quoi en faire. Sur le tapis les attend un petit peloton de poupées ressemblant à de petites femmes.

– D'accord, jouons, répète-t-elle. Jouons à être petites, tant que c'est possible.

Ce soir-là, seule dans sa chambre, avant de s'endormir, Zoé essaie de se souvenir comment elle était à l'âge de Marta. Les souvenirs sont étranges : certains sont si nets qu'on a l'impression que cela s'est passé hier ; d'autres, au contraire, sont ensevelis sous une montagne de temps parcouru et jaillissent par surprise, tout à coup, au moment où l'on s'y attend le moins. Le souvenir le plus lointain de Zoé, pour l'instant du moins, est celui d'une enfant dont les cheveux forment comme une couronne au-dessus de la tête et que quelqu'un pousse fort sur une balançoire. Elle ne sait même pas s'il s'agit de sa sœur Sara ou d'elle-même, parce que les couleurs sont confuses : il y a tellement de soleil dans ce souvenir que tout est réduit à des silhouettes –

même l'enfant est une silhouette, une idée d'enfant heureuse qui rit (ça, on l'entend) et rejette la tête en arrière en se faisant pousser de plus en plus haut. Elle ne peut pas se balancer toute seule, elle doit donc être petite : elle doit avoir trois ans, pas plus.

Une fois, Zoé a raconté ce souvenir à sa mère et celle-ci lui a dit : « Nous allions toujours au parc lorsque vous étiez petites », et Zoé a été un peu déçue parce qu'elle connaît bien les parcs, elle y accompagne parfois Marta, et ce sont les endroits les plus banals du monde, de simples petits jardins de ville à l'herbe pelée, avec quelques arbres qui ont du mal à grandir, des bancs pour les mamans et les baby-sitters, des jeux en bois, une espèce de château muni d'un toboggan, des manèges en métal rouge et bleu, et encore une rangée de trois balançoires aux sièges en caoutchouc.

Est-il possible que son précieux premier souvenir vienne de là ? Zoé préférerait un pré enchanté avec un bois dans le fond qui projetterait son ombre, une ombre qui ne ferait pas peur parce qu'on serait en plein soleil et que la personne qui la pousserait (maman ? papa ?) la protégerait, l'aimerait et veillerait sur elle. Et alors elle pourrait même avoir un peu peur du bois, pour de faux, juste pour avoir un frisson et pour sentir qu'un baiser suffirait à le faire disparaître. Une enfant sur une balançoire. Une fois, elle l'a dessinée, puis elle a froissé la feuille parce que son dessin aussi était banal et rendait normal quelque chose qui en réalité était fantastique.

Si son souvenir de la balançoire est flou, en revanche Zoé a une mémoire très précise des jouets qu'elle préférait. A l'époque, les Bratz n'existaient pas bien sûr, et sa maman n'ayant jamais aimé les Barbie, elle essayait d'orienter ses choix vers un autre genre de poupée. Zoé devait être une petite fille accommodante ou bien elle aimait simplement les mêmes choses que sa maman, parce qu'elle ne se souvient que d'une série de poupons aussi mous que de vrai bébés, dont la tête dodelinait et qui se faisaient mal au cou si on ne la leur tenait pas bien ; Zoé le sait parce qu'elle a récemment essayé de tenir dans ses bras son petit cousin Mattia, qui a un mois et demi, et qu'elle avait l'impression d'avoir un sac dans les mains. Au début, les poupons étaient généralement vêtus de beaux petits ensembles : des culottes assorties, de petits bonnets sur leurs cheveux bien coiffés – encore maintenus par un tour de Scotch ; puis petit à petit ils finissaient nus, ou au maximum avec de petites couches-culottes identiques aux vraies – avec la bande élastique imprimée de petits dessins – et leurs cheveux se hérissaient comme après une grande frayeur et ne se mettaient plus jamais en ordre. Et pour tout dire, avec leurs yeux écarquillés, ils avaient l'air un peu effrayé, peut-être également par ce que Zoé leur faisait, comme les mettre tous en rang et décider lequel d'entre eux était le plus beau et ne plus jouer qu'avec celui-ci pendant une semaine entière, jetant les autres pêle-mêle dans un coffre, la tête en bas ; était-ce une manière de traiter des bébés ? Ou bien elle leur donnait des bains, et ce n'était jamais chose simple : un jour, elle avait rempli une cuvette à ras bord, dans la baignoire pour ne pas faire trop de dégâts, et y avait plongé un des poupons dont les jambes, les bras et la tête étaient en plastique, mais dont le corps était en tissu et qui possédait un mécanisme pour gazouiller et faire des bulles avec la bouche ; eh bien, il n'avait plus jamais gazouillé ni fait de bulles et il lui avait fallu plusieurs jours pour sécher entièrement. Sa maman l'avait surprise dans la baignoire (Zoé avait dû y entrer, forcément, sans cela elle n'aurait pas pu bien le laver) alors qu'elle malaxait les cheveux synthétiques avec une tonne de shampoing à la noix de coco : naturellement cette odeur trop sucrée avait complètement imprégné le tissu et le rembourrage et n'était jamais partie.

En revanche, Zoé n'a pas le souvenir d'avoir jamais eu de poupées danseuses, de souris ou d'ours en peluche habillés en danseuses, de jouets de ce type qui auraient pu l'inspirer et lui faire décider que, quand elle serait grande, elle voudrait être danseuse et rien d'autre. La chambre de Léda, pour citer un exemple, est pleine de ce genre de chose, et pour autant que Zoé s'en souvienne, elle l'a toujours été. Tout comme le sont celles de leurs camarades de classe qu'elle connaît le mieux.

Il existe tout un monde en rose, un peu scintillant, parsemé de pourpre, de paillettes, de petites étoiles et de petits cœurs, qui transforme la danse en un rêve pour petites filles où tout est tendre, léger et gracieux, où tout n'est que sourires, rubans, battements d'ailes et de tutus, petits pas sur la pointe des pieds, satin, tulle et laine légère. Une espèce de monde imaginaire, faux et sucré, qui n'a aucun lien avec le monde réel de la danse : rigoureux, sobre, simple, où tout ce qui compte est ce que l'on sait faire, pas d'avoir un sourire avec des fossettes et les cheveux maintenus dans un filet d'argent. Au contraire, ces derniers vont droit à la poubelle, pour ne pas distraire les élèves pendant les cours. La danse est tout sauf un jeu. Et en pensant aux jeux de Marta, qui est encore si petite et si libre, Zoé éprouve parfois une toute petite pointe de nostalgie.

5. Confidences

L'histoire avec Laila a eu des suites, vu qu'on ne parle plus que de ça dans les vestiaires. Laila reste dans son coin, toute seule ; elle essaie de ne jamais croiser le regard de ses camarades, elle reste très douée, très précise, comme à son habitude : n'importe quelle mèche suspectée de rébellion est coincée par une épingle à cheveux supplémentaire, ses lacets sont parfaits, ses pas également, de la barre au milieu. On pourrait donc penser que tout est redevenu normal. Mais non…

— Ah ! le printemps, dit Démétra en riant, debout à la porte de l'atelier de couture, en voyant les petites danseuses bavarder et rougir. Il me fait cet effet-là à moi aussi et, perdue dans ses pensées, elle lève des yeux rêveurs.

Imaginer Démétra amoureuse, Démétra avec son grand tablier, les aiguilles plantées sur son plastron, et sa perpétuelle envie de plaisanter, c'est étonnant. Mais Zoé sait que c'est comme lorsqu'elle surprend ses parents en train de s'embrasser : elle a une petite envie de sourire, cela lui semble un peu étrange, elle souhaiterait n'avoir rien vu. Démétra est mariée depuis vingt-cinq ans avec un machiniste barbu qui travaille au théâtre : Uberto. Peut-on être encore amoureux après vingt-cinq ans, se demande Zoé en voyant ses camarades qui sont toutes amoureuses, qui ne font que parler des garçons depuis quelques jours : celui-ci est mignon et celui-là est si gentil et un autre encore a une voix si séduisante ?

De son côté, Zoé ne parle de rien, elle garde la bouche scellée. En revanche, elle écoute tout. C'est ainsi qu'elle a réussi à savoir que :

Paola est amoureuse de Jonathan ;

Anna n'arrive pas à choisir entre Jonathan et Lucas ;

Stefania est décidément folle de Vittorio qui est en deuxième année de second cycle, mais ce n'est pas nouveau, c'est ainsi depuis la première année ;

Flore ferait n'importe quoi pour un de ses voisins qui s'appelle Alberto ;

Estella ferait n'importe quoi pour Ottavio, le garçon très doué qui est en quatrième année de second cycle et qui ressemble trait pour trait à Baryshnikov quand il était jeune (sur un des posters dans le bureau de Mme Olenska) ;

Alessia est amoureuse de Jonathan.

Les autres filles ont des opinions moins arrêtées, au moins pour le moment. Il y a celles qui sont amoureuses de trois ou quatre garçons à la fois, et dresser une liste précise devient compliqué.

Évidemment, le fait que le prénom de Jonathan revienne si souvent dans les conversations des autres filles préoccupe un peu Zoé. Mais comme elle ne peut rien y faire, et qu'elle n'a pas le courage de faire quoi que soit, elle a décidé de souffrir en silence. Même Léda n'est pas au courant. Léda qui, elle, avoue avoir donné son cœur à Lucas (sans que, du reste, il ne le sache).

– Parce qu'il est non seulement beau, mais aussi sympathique, commente-elle, sage et passionnée. C'est le seul garçon gentil que je connaisse. Il ne se moque jamais de personne et lorsque nous jouons ensemble, c'est comme si nous étions tous égaux : pas des garçons et des filles.

– Lorsque nous jouions, tu veux dire, observe Zoé.

En effet, dernièrement, les groupes se mélangent de moins en moins souvent. L'autre jour, jouer à la balle au prisonnier relevait tout simplement du miracle, mais ce n'était probablement que pour détendre l'atmosphère.

– Tu as raison, dit Léda, un instant plus tard. Tout est en train de changer entre nous.

– Je pense que ce sont nos comportements qui les font changer, tu sais, dit Zoé, et elle lui fait signe de la rejoindre à la fenêtre.

Dans la cour, les garçons sont en train de jouer au ballon, comme d'habitude. On dirait qu'ils n'ont aucune autre pensée dans la tête que celle de gagner la partie.

– Est-ce que tu veux dire qu'ils ne nous voient même pas ? demande Léda, anxieuse.

– On le dirait bien, dit Zoé, et elle s'éloigne de la vitre.

Elles n'ont plus le temps de rester là pour penser à ces choses : c'est l'heure du cours et aujourd'hui, ils le font séparément, les garçons plus tard. Au moins y aura-t-il moins de gêne, il est déjà assez difficile de suivre Mme Olenska… Car elle aussi semble d'une humeur étrange, légère, effervescente. On le comprend à ses commentaires :

– Allez, Alessia, tu es raide comme une mante. Souples, ces coudes ! Et encore :

– Estella, ton genou droit. Te prendrais-tu pour une grenouille ?

Si c'était possible, les petites filles riraient ; mais évidemment cela ne se fait pas.

Cependant, lorsqu'elles se déplacent toutes au milieu, l'atmosphère change d'un coup, et ce début de printemps qui s'était introduit dans la salle disparaît. Il y a trop de tension, trop de concentration. Elles sont en train de répéter tous les pas pour le spectacle et c'est la partie la plus difficile. Les petites danseuses sont divisées en groupes de trois et chaque groupe doit traverser la salle en diagonale en effectuant une série de sauts. Ceux-ci ne sont pas tellement difficiles, Mme Olenska a fait preuve d'astuce en les choisissant, et pourtant, ils font beaucoup d'effet ; l'important est qu'elles soient synchrones en les faisant, comme doit l'être un vrai corps de ballet.

Zoé est en trio avec Laila et Anna. Le critère pour constituer les trios a été très simple et absolument équitable : elles sont divisées par taille. Cela signifie également que Léda est dans le dernier groupe, avec Flore et Alessia, deux autres filles qui comme elle ont commencé à grandir très rapidement. Mais Zoé ne s'inquiète pas pour cela : la danse est une affaire personnelle, qui ne regarde que soi, et lorsque l'on danse, il n'est pas possible de se faire du souci pour sa meilleure amie : on ne doit penser qu'à ses pieds, à ses mains, à son corps.

En revanche, obtenir la synchronie, c'est une autre affaire. Il ne suffit pas de suivre parfaitement la musique, même si ce « Mozart » rassure avec son rythme de fanfare bien scandé et propre, si net qu'il semble qu'on ne puisse se tromper. Or, il faut se regarder du coin de l'œil, s'ajuster les unes avec les autres et garder la bonne distance : et ça, c'est un peu plus compliqué. Autre-ment, ce ne serait que pur désordre. Même elle, qui n'est qu'une enfant, voit immédiatement si le corps de ballet n'est pas vraiment de premier ordre quand elle va voir un spectacle de danse : passe pour les scènes des solistes, mais les scènes d'ensemble sont celles qui en pâtissent le plus.

Toutefois aujourd'hui, tout va bien. Leur trio ne répète qu'une seule fois son morceau, avec Mme Olenska qui donne le *da capo* [1] au pianiste (ici c'est lui, ce cher Maître Fantin, qui joue une version simplifiée du morceau, mais au théâtre, pour le spectacle, ce sera l'orchestre) puis qui leur dit, avant qu'il ne reprenne du début :

– C'est bien comme cela.

« Bravo » est un mot que Mme Olenska semble ne pas connaître. C'est pourtant étrange, elle a quitté son pays depuis très longtemps mainte-nant, elle devrait avoir appris plus de vocabu-laire… et puis un mot aussi simple, aussi court ! Pourtant elle ne le prononce absolument jamais, se dit Zoé.

---

1. Indique qu'il faut reprendre depuis le début.

Alors elle se met en position de repos, accoudée à la barre, les jambes croisées, et regarde les autres trios faire leurs sauts, moyennement bons, sans trop d'erreurs. Estella est un peu pâle : elle n'y arrive pas bien, comme si elle manquait d'assurance, et naturellement Mme Olenska le lui fait remarquer ; au contraire, Léda est brillante, et ses deux camarades aussi, ce qui montre bien que grandes ne veut pas dire maladroites et, en effet, elles n'ont même pas à faire une deuxième fois la diagonale, c'est déjà bien. Et puis le cours est terminé : trois battements de mains pour congédier tout le monde. Elles sont déjà près de la porte lorsque Mme Olenska les rappelle :

— Un instant, les enfants.

« Si elle pouvait arrêter de nous appeler "les enfants" », pense Zoé. Elle se tourne et revient sur ses pas, comme les autres.

— Je voulais vous dire que les répétitions se passent assez bien. Je suis assez contente de vous. Malgré le printemps et la fatigue, qui est normale à ce moment de l'année, vous êtes attentives et concentrées. Je suis sûre que la préparation du spectacle se déroulera comme il se doit. Maintenant, vous pouvez y aller.

En silence et étonnées, elles se faufilent l'une après l'autre hors de la salle de répétition.

D'aussi loin qu'elles se souviennent, c'est la première fois que Mme Olenska leur dit quelque chose qui ressemble vaguement à un compliment. Bien sûr, c'est un compliment général, il n'est donc pas aussi réconfortant que si chacune des élèves en avait reçu individuellement un. « Mais en ce moment, se dit Zoé en retournant dans les vestiaires, elle nous considère comme une classe. Et c'est toute la classe qui doit être bonne. »

Par la suite, alors qu'elles se changent, les élèves commentent toutes l'étrange événement.

– Peut-être est-elle en train de vieillir ? lance Paola, caustique. Et par conséquent elle se radoucit.

– Grand-mère Olenska ? Je ne l'imagine vraiment pas, dit Alessia avec une petite grimace. Selon moi, elle a remarqué que nous étions fatiguées et distraites, et elle veut juste nous encourager.

– Alors tu veux dire qu'il n'est pas vrai que nous sommes assez bonnes ? insinue Sofia.

– Ce n'est pas ce qu'elle a dit. Elle n'a pas utilisé le mot « bonnes », fait remarquer Paola.

Zoé a pensé la même chose un peu plus tôt.

– Ben, de toute façon, c'est mieux que quand elle hurle, dit Anna.

– Hurler ? Mme Olenska ne hurle jamais, dit

Paola, très sérieuse. Elle te foudroie du regard, cela suffit.

Elles rient toutes et l'espace d'un instant Zoé se sent proche de toutes ses camarades : si seulement il en était toujours ainsi, si elles pouvaient vraiment être alliées, complices. Toutes amies, ce serait trop demander, c'est clair, mais…

A la maison, la porte de Sara, étrangement, est ouverte.

Étrangement, lorsque Zoé passe devant, Sara l'appelle.

– Zoé, tu es rentrée ?

On dit des choses idiotes parfois. « Évidemment que je suis rentrée, tu viens juste de me voir. » Elle pourrait le faire remarquer à Sara, qui est la première à se moquer d'elle pour n'importe quoi, avec une pointe de méchanceté, et lui répondre : « Non, tu viens de voir une projection de ton imagination, je suis encore à l'école. » Au contraire, elle laisse tomber et se montre sur le pas de la porte.

– Me voici, dit-elle. Comment ça va ?

La chambre de Sara, comme celle de Marta, est plongée dans le chaos. « Un beau bazar », pense Zoé, mais elle ne le dit pas, pour éviter qu'un coussin ou peut-être autre chose de plus agressif n'atterrisse sur elle.

– Tout va mal, dit Sara. Tu veux écouter un peu de musique ?

Et elle désigne son I-pod abandonné sur son lit, les cordons des écouteurs tout entortillés.

Sara ne lui a jamais prêté son I-pod, qui en ce moment est le trésor le plus précieux qu'elle possède.

« Elle a dû devenir folle », se dit Zoé. Elle s'assied sur le bord du lit et effleure du bout de l'index la surface métallique bleue de la petite boîte à musique magique.

– Mais non, laisse tomber, lui dit Sara.

« Ah, voilà, ça lui ressemble davantage. »

Puis elle ajoute :

– Je suis amoureuse.

« Encore une », pense Zoé, sentant grandir un petit sourire sur ses lèvres qu'elle chasse aussitôt. Sara se vexerait immédiatement. Au contraire, elle prend un air curieux et dit seulement :

– Vraiment.

– De Stefano, ajoute Sara, détournant ensuite les yeux, comme si elle avait honte.

Peut-être est-ce vrai, parce que pour autant que Zoé sache, Stefano est le pauvre malheureux dont le cœur bat pour sa sœur depuis qu'ils ont six ans et se sont rencontrés au cours préparatoire. Maintenant ils en ont treize, ils sont toujours dans la même classe et jusqu'à présent Sara n'a pas manifesté le plus petit intérêt pour lui. Étrange comme on change.

– Ben, c'est super, dit Zoé. Cela fait des années qu'il attend ça.

– C'est justement ça le problème, dit Sara, en tourmentant une de ses mèches. Maintenant, il n'attend plus.

– J'espère qu'il n'est pas fiancé avec une autre, dit Zoé.

– Non, c'est juste qu'il m'ignore.

Le petit sourire brûle les lèvres de Zoé. Oh, comme il brûle… Ce doit être difficile pour Stefano d'ignorer une fille comme Sara, avec ses cheveux blonds et raides d'un kilomètre de long, ses yeux bleus, ses longues jambes et sa fossette qui dessine un joli creux dans sa joue droite. Difficile ? Impossible. Il paraît évident que c'est une tactique.

– Il est évident que c'est une tactique, répète Zoé à voix haute. Il est devenu rusé d'un coup et maintenant il te rend folle, tout comme tu l'as rendu fou pendant toutes ces années. Disons que c'est sa vengeance.

– Tu crois ?

Sara espère soudain. Est-il possible qu'elle ne l'ait pas compris toute seule ?

– Je crois que j'ai raison, dit Zoé. De toute façon, il n'y a qu'un moyen de le découvrir.

– Je t'écoute, dit Sara.

Elle s'assied et prend un cous-
sin bleu dans ses bras. Enlacer
ce coussin lui va bien. Elle fait
toujours des choses qui lui vont
bien.

– Tu vas le voir et tu lui dis que tu veux que
vous soyez ensemble. Bref, que tu veux qu'il soit
ton fiancé.

– Je dois aller le voir et lui dire que je l'aime ?
Sara est abasourdie.

– Je n'irai pas aussi vite. Enfin, aimer c'est un
mot un peu fort, dit Zoé, avec une sagesse
étrange, qui lui vient elle ne sait d'où.

– Mais je l'aime, dit Sara, soudain langoureuse.

– Alors dis-le lui de cette façon-là. En fait, tu
ne pourrais être plus convaincante, continue la
sage Zoé.

– Est-ce que j'y vais tout de suite ? Est-ce que je
suis bien habillée ? Est-ce que je me fais des
tresses ? Les cheveux détachés ? Un peu de
maquillage ? Où est passé mon crayon bleu ?…

Voilà, Sara est beaucoup plus reconnaissable
maintenant. Un peu agitée, prête à agir. Elle se
soucie toujours tellement de sa personne.

– Tu es très bien comme ça. Sais-tu où trouver
Stefano ? lui demande Zoé.

– Mais bien sûr. Le vendredi après-midi, il
s'entraîne toujours au terrain de basket. Et si je ne

le trouve pas, je lui téléphonerai, et s'il ne répond pas, tant mieux, comme ça au moins…

— Sara, l'interrompt Zoé, tu ne peux pas lui laisser un message pour lui dire que tu l'aimes. Tu dois le lui dire de vive voix.

— J'ai honte, dit Sara.

Penchée en avant pour lacer ses chaussures, elle a le visage caché par ses cheveux.

— Eh bien, aie honte ! lui dit Zoé. Mais fais-le comme il faut le faire.

Sara est déjà dans le couloir lorsqu'elle se retourne brusquement et dit :

— N'oublie pas l'I-pod. J'étais sérieuse tout à l'heure. Tu peux le prendre.

Puis elle disparaît. La porte de la maison s'ouvre et se ferme avec un bruit sourd.

Eh bien, c'est la chose la plus proche d'un « merci Zoé » que sa grande sœur lui ait jamais dite. Presque bonne, presque merci. Il faut s'en contenter. Et cette journée est probablement exceptionnelle.

6. Gymnastique à la grecque

– Et un, et deux… Écoutez la musique : elle est douce. Abandonnez-vous. Cependant, vous devez être aussi précises que la musique est douce. Ne vous en servez pas comme excuse pour devenir aussi flasques que des figues. On reprend, allez. Maître Fantin, s'il vous plaît.

Flasques comme des figues. C'est une expression intéressante que Zoé n'avait jamais entendue avant. Peut-être que c'est russe. Elle essaie de s'imaginer en figue, en profitant du fait que Mme Olenska est à l'autre bout du rang en train de s'occuper des épaules de Flore qui, à en juger par ses commentaires, ne veulent pas rester basses et dégagées. Voilà, les jambes molles, les mains et les bras qui semblent vouloir toucher le sol : c'est ainsi que doit se sentir une figue trop mûre. Puis Mme Olenska pointe sa badine et Zoé comprend qu'il est maintenant opportun de faire la figue verte. Mieux encore, la jeune danseuse très attentive.

Mais, pour dire la vérité, c'est la musique qui fait cet effet-là. Le morceau de piano qui accompagnera la première partie de leur faux cours de danse pour le spectacle sera les *Gymnopédies* de Satie : tout le monde sait que les exercices à la barre sont toujours accompagnés par le piano, et par le *poum poum* de la badine de Mme Olenska qui donne le tempo, pour le cas où la musique ne serait pas assez claire. Mais cette suite de morceaux brefs est si lente et enjôleuse qu'elle inspire des gestes mous, abandonnés.

Une fois à la maison, Zoé a demandé à son papa si par hasard il n'avait pas du Satie dans sa collection de CD. « Mais bien sûr », lui a-t-il répondu, et il lui a fait écouter.

A la fin du disque (il y avait aussi d'autres morceaux dessus, et son père et elle sont restés là, côte à côte, assis sur le canapé jusqu'au dernier morceau), et celui-ci lui a expliqué ce qu'il voyait lorsqu'il écoutait les *Gymnopédies* :

– Imagine des athlètes de la Grèce antique se préparant pour les Jeux olympiques. Ils ne sont pas nerveux, pas encore. Leurs gestes sont très calmes. Ils doivent s'échauffer et préparer leur corps à donner bientôt le meilleur de lui-même. Peut-être s'enduiront-ils le corps d'huile : les athlètes le faisaient toujours, avant de concourir. Ils étaient nus à l'époque.

Zoé a souri en imaginant la scène.

– Mais ils n'étaient pas comme nous. Un corps nu était l'expression de la beauté, il n'y avait aucun embarras à le montrer, a ajouté son papa, qui avait évidemment compris le sens de ce sourire. Pense aux plus belles statues : elles sont toujours nues, qu'il s'agisse d'hommes ou de femmes.

Zoé a réfléchi à cela, en regardant de près la jaquette du CD dont le dessin – qui à son avis n'avait rien à voir avec la musique – représentait une poire et une pomme vertes l'une à côté de l'autre. C'était une belle photo, mais incompréhensible, pour tout dire. Puis elle a dit :

– D'une certaine manière, peut-être que ces athlètes dont tu parles nous ressemblent. Parce qu'au début de la leçon, à la barre, nous nous préparons à donner le meilleur de nous-même, pour danser ensuite au milieu de la salle.

Son papa a acquiescé en silence. Puis il lui a pris la main et lui a demandé :

– Comment tu vas ?

C'est une question étrange lorsqu'elle est posée par son père. C'est vrai, il la voit tous les jours, le matin et le soir au moins, et si elle n'allait pas bien, il s'en rendrait compte. Mais naturellement, Zoé a compris qu'il s'agissait d'une question très précise, qui ne concernait en rien un simple mal de gorge ou de la fatigue.

– Je vais bien, papa, vraiment, a-t-elle répondu, en serrant ses petits doigts autour de la grande main de son père.

– Tu aimes toujours ce que tu fais ?

– Bien sûr.

– Beaucoup ?

– Beaucoup.

– Plus que les efforts que cela représente ?

– Plus.

– Alors, ça va.

C'était un dialogue étrange : ils sont assis l'un à côté de l'autre et ne se regardent pas dans les yeux, comme dans un train, mais en plus confortable. Zoé sait que ses parents s'inquiètent pour elle. Que certaines fois (dans les moments les plus pénibles) ils ont pensé que l'engagement pris par leur petite fille était trop lourd. Mais finalement Zoé sait aussi que cela dépend uniquement d'elle : continuer ou laisser tomber, devenir meilleure ou rester au même point. Non, ce n'est pas vrai, cela ne dépend pas que d'elle : il faut tenir compte de l'évolution de son corps, s'il décide de grandir de manière adaptée à la danse ou de devenir autre chose, un corps fait pour courir, skier ou jouer au tennis. Zoé sait qu'il existe un tas de possibilités, en dehors de la danse, pour un corps d'enfant.

Mais elle espère que les choses continueront ainsi, c'est tout, encore un peu.

Lors de la pause, dans la salle, Paola dit à ses camarades que, selon elle, la première partie du spectacle est un supplice, qu'il aurait mieux valu un ballet drôle, amusant, comme par exemple la danse des souris que feront les troisième année ; en fait, c'est plus du mime que de la danse, mais au moins on rit en le regardant. Sa sœur Irène a dû lui montrer les pas à la maison.

— Je ne suis pas d'accord, dit Sofia. Allons ! des souris... Nous sommes trop grandes pour faire cette chose-là. En deuxième année, nous avions dansé *Le Vilain Petit Canard*, est-ce que vous vous en souvenez ?

— Bien sûr, intervient Laila.

Et tous les yeux se braquent sur elle : elle ne participe jamais aux conversations.

— Ah, mais bien sûr que tu t'en souviens bien, dit Paola, malicieuse. Parce que tu voulais faire le cygne à la fin, et c'est Léda qui l'a fait...

— Et, alors, quel est le rapport ? réplique Laila. En attendant, j'avais le rôle principal.

— Tandis que moi, j'étais le chat... dit Paola, et elle fait semblant de s'étirer, puis elle miaule et se lance vers Laila dans un saut parfait. Le chat qui te mangeait presque.

– Eh, vous n'avez pas bientôt fini ? Vous êtes vraiment des gamines, intervient Flore. En ce qui me concerne, j'aime bien cette chorégraphie.

– Cette musique endort, dit Alessia. Combien est-ce que vous pariez que, à la fin, le public ne s'apercevra même pas que nous avons terminé notre partie ? Ne vous étonnez pas si personne n'applaudit, ils seront tous en train de ronfler ! Je préfère de beaucoup la fanfare de la musique de Mozart qui vient après.

– Je pense que les deux sont bien, dit Zoé. Une chose, puis l'autre. C'est plus complet, voilà.

Léda opine de la tête, comme toujours quand Zoé parle.

– Moi, je n'aime pas cette partie parce que nous y sommes toutes pareilles, dit Estella, et cette fois-ci tous les regards sont pour elle.

– Pour une fois, c'est peut-être justement pour cela que c'est bien, dit Léda, audacieuse.

Les yeux des petites filles se déplacent de l'une à l'autre : il est si rare que Léda exprime son opinion. Et puis, elle est si résolue.

– De toute façon, nous ne sommes pas pareilles, éclate Laila, et elle se mord la lèvre inférieure.

– Heureusement, murmure Paola, mais elles ont toutes entendu, et elles ricanent.

La maîtresse est en train d'in-
terroger les élèves en histoire et
pendant ce temps on peut faire
autre chose, à condition d'avoir déjà été interrogé
sur cette partie du programme et de se taire. Zoé
a eu un « très bien » la semaine précédente ; elle
aime l'histoire, mais l'interrogation d'Anna
aujourd'hui est une torture : elle commence une
phrase, s'arrête, regarde le plafond comme si quelqu'un y avait écrit la réponse exprès pour elle,
puis recommence…

Zoé prend une feuille et dessine. Léda est très
douée en dessin. Pas elle. Cependant, elle aime
manier les couleurs et les voir changer en les asso-
ciant entre elles. Elle fait donc comme d'habitude :
elle divise sa feuille en rectangles égaux avec une
règle et remplit chacun d'eux avec une couleur
différente. Violet à côté du vert : la joie. Rose vif
et orange : envie de rire. Noir et beige : quelle tran-
quillité… En même temps, elle réfléchit.

Elles ont toutes été semblables une fois. Au
début. Lorsqu'elles étaient au cours élémentaire
et venaient de réussir l'examen d'admission,
avec leur petit justaucorps de laine noire un
peu grand et leurs chaussons tout neufs, intacts
encore, aussi roses que le rose pâle peut être
rose : elles étaient comme de sages petites sœurs.
Ou des fourmis, voilà : qu'est-ce qui ressemble

plus à une fourmi qu'une autre fourmi ? C'était bien, alors, de découvrir les autres petit à petit ; c'était bien et mal à la fois, parce que, pour autant qu'elle s'en souvienne, Laila a toujours été celle qu'elle est aujourd'hui, et les autres aussi.

Mais le pire avait été de découvrir (et quelques cours avaient suffi) que ce qu'elles devaient faire n'avait absolument rien à voir avec un ballet. Ce n'était que de la gymnastique. Un saut par-ci, un saut par-là ; les bras en moulinet ; les jambes en équerre ; les pieds en fer à repasser ou encore les pieds pointés.

Un travail énorme pour discipliner son corps, et tout cela pour ne pas ressembler, même de loin, à des danseuses.

– Les pointes, on ne les met qu'à douze, voire treize ans, avait expliqué Ludovica qui savait un tas de choses parce que sa sœur Lucrezia était, justement, une des grandes. Avant, ce n'est pas la peine d'y compter, ça abîme les pieds. Est-ce que vous savez que ceux de ma sœur n'arrêtent pas de saigner ?

Elles, pauvres petites, l'avaient regardée avec un mélange de peur et de méfiance. Que les pieds saignent pour quelque chose d'aussi léger qu'un ballet semblait impossible. Peut-être que Ludovica mentait afin de prendre de grands airs.

Or, un jour, Anna était entrée en courant dans la classe et avait dit, d'un trait :

– Tout est vrai. Les grandes saignent des pieds. J'en ai espionné une dans leur vestiaire, elle avait le pied bandé et ses bandages étaient tachés ; ensuite elle les a enlevés et elle avait un pied blessé…

Démétra, couturière mais aussi un peu gouvernante, les avait rassurées :

– Cela n'arrive pas à toutes les danseuses. Il y en a qui ont les pieds plus fragiles ou qui ont plus de mal à trouver leur position. C'est tout.

Zoé colorie encore et toujours. Rouge et bleu : la différence est si nette qu'elle fait mal aux yeux. Rose et gris : de la douceur.

En danse, il n'y a pas beaucoup de douceur. Il y a du travail, de la tension et de la répétition. Le travail n'est pas toujours récompensé : parfois, il y a des pas que l'on n'arrive vraiment pas à faire, la jambe semble décidée à ne pas se lever plus qu'elle ne l'est déjà. Puis les choses se mettent en place, comme par miracle, mais ce n'est pas un miracle, c'est juste que l'on a tellement travaillé que l'on est transformé sans même s'en apercevoir.

De toute façon, en ce qui la concerne, elle aime beaucoup les *Gymnopédies*. Ce sera comme se préparer à une compétition, avec les gestes lents et souples d'un athlète grec.

7. Les garçons

L'invitation est imprimée à l'ordinateur, les couleurs forment de petits cubes et sont aussi un peu passées. Il y est écrit :

Que fais-tu l'APRÈS-MIDI DU SAMEDI 17 AVRIL ?
Moi je le sais :
tu es invité à ma fête d'anniversaire,
chez moi, à partir de 16 heures.
Le thème de cette fête sera Spider Man,
choisis donc ton déguisement.
Je t'attends.

Lucas

43, rue du Vingt-Septembre
Confirmez SVP 331-5545750

Zoé est déjà au téléphone. Au lieu d'appeler le numéro imprimé sur l'invitation, qui doit être celui de la maman de Lucas, elle appelle directement celui de Lucas (il est le seul, avec Laila, à avoir son propre portable).

– Quel cadeau est-ce que tu veux ? lui demande-t-elle, sans préambule.

– Oh, salut Zoé, comment vas-tu ? Moi aussi je suis content de t'entendre, comme c'est gentil, se moque-t-il.

– Allez, ne fais pas l'idiot et réponds-moi. Si tu ne veux pas que cela finisse comme l'année dernière...

L'année dernière pour son anniversaire, Lucas a eu trois fois le même livre, deux fois le même jeu pour sa Gameboy et cinq tee-shirts de footballeurs qui avaient tous un numéro différent, bien qu'étant de la même équipe. Afin d'éviter cela, Zoé a pensé qu'il valait mieux être explicite. Lucas doit être d'accord avec elle car il ne perd pas son temps avec les réponses habituelles (« ne te sens pas obligée de me faire un cadeau, ne te dérange pas », etc.), qui sont les réponses que les adultes obligent habituellement les enfants à donner. En revanche, il lance immédiatement :

– L'album d'autocollants de Spider Man. Il ne coûte pas cher et je ne l'ai pas encore.

Zoé enregistre et demande :

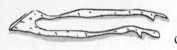 – Mais pour cette histoire de déguisement, mardi gras est passé depuis longtemps.

– Oui, mais mon anniversaire ne tombe jamais ce jour-là, ce qui signifie donc que je ne pourrai jamais faire de fête costumée. Alors, bien que l'on soit en avril, j'ai malgré tout décidé d'en faire une. Tu ne trouves pas que c'est une bonne idée ?

Lucas a une belle voix, grave et profonde, un peu étrange pour un enfant, comme si elle avait mûri avant lui. Zoé pense que cela a un rapport avec le fait qu'il soit noir : les rappeurs noirs ont une voix différente de celle des Blancs, plus comme celle de Lucas, justement. Mais étant donné qu'il est le seul Noir qu'elle connaisse, en dehors des rappeurs, elle n'a pas de point de comparaison et ne peut pas non plus demander si ce qu'elle pense est juste.

Ses camarades qui sont amoureuses de Lucas le sont un peu pour sa voix, un peu pour sa peau : elle est si belle, avec cette teinte chaude qui donne l'impression que ses dents sont plus blanches et ses yeux très noirs plus brillants. Zoé le trouve mignon, mais avec détachement : ils sont amis depuis qu'ils se connaissent, de vrais amis, sans toutes ces histoires, et elle ne peut pas penser à lui comme à quelqu'un qui pourrait lui plaire.

– Euh, je ne sais pas. Je n'ai pas très envie de me déguiser en insecte.

– Les araignées ne sont pas des insectes, Zoé. Alors, utilise un peu ton imagination, d'accord ?

– Est-ce que tout le monde viendra ?

– Ben, presque.

– Tu veux dire que tu as aussi invité Laila ? demande Zoé, et à peine a-t-elle prononcé ces mots qu'elle a honte, mais elle n'a plus le temps de ravaler sa question, parce que la réponse est là, déjà prête :

– Je l'ai invitée, mais elle ne viendra pas.

– Est-ce qu'elle te l'a dit ?

– Non, elle ne me l'a pas dit. Mais elle ne vient jamais quand on se réunit tous, comme au dîner de classe ou à la soirée pizza avec les institutrices. Donc…

Donc rien. Lucas s'est trompé. La fête a commencé depuis plus d'une heure et ils en sont déjà au moment de faire exploser les ballons en sautant dessus à pieds joints (au rythme de la musique, comme de bons danseurs) lorsque la sonnette retentit.

– Qui cela peut-il être ? dit Jonathan. On est tous là…

Non. Il manquait quelqu'un. Il manquait Laila. La voici, sur le pas de la porte, en train de

93

faire passer le poids de son corps d'un pied sur l'autre comme si elle avait envie de faire pipi. « Mais non, c'est idiot », se dit Zoé en l'observant depuis le fond de la pièce. Laila ne fait probablement jamais pipi. Elle a un cadeau à la main et est déguisée en sorcière de Halloween, avec une toile d'araignée au sommet de son chapeau noir pointu.

— Ben, c'est pour toi, dit-elle à Lucas, et elle lui fourre son cadeau dans les mains.

Lui déglutit et se souvient finalement des bonnes manières.

— Viens, entre, lui dit-il. Est-ce que tu dois retirer quelque chose ?

— Oui, elle ! s'exclame Paola à voix haute.

Mais la plaisanterie n'est pas très spirituelle et personne ne l'imite. Paola est déguisée en Mary Jane, avec une petite robe courte de couleur rouge, et s'est fait des boucles, mais pour rien au monde elle n'a l'air fragile et innocent de l'originale.

Afin de rompre l'embarras, Zoé fait ce que d'habitude elle évite particulièrement de faire dans les fêtes : elle saute sur un ballon et le fait exploser. Le claquement semble remettre tout le monde en mouvement, comme les courtisans de la Belle au bois dormant réveillés d'un seul coup de l'enchantement. Et la fête continue.

– Je me demande ce qu'elle va faire maintenant, murmure Léda déguisée en Dr Octopus et, se penchant vers l'oreille de Zoé, elle lui fait claquer sur la tête un des tentacules en caoutchouc qui partent de son dos.

Il y a cinq Spider Man à cette fête, et le mieux réussi, celui qui s'est le mieux appliqué, c'est Lucas : il est évident que les autres ont récupéré des costumes de leurs frères ou cousins, et le pantalon que porte Jamie lui arrive à peine sous les genoux, laissant apparaître deux très longues chaussettes montantes à rayures qui n'ont absolument rien à voir avec son costume. Jonathan est pire encore, parce que personne ne fabrique de costume de Spider Man pour des enfants de dix ans qui ont l'air d'en avoir treize – ou peut-être que les tailles d'ici ne vont pas bien aux danseurs qui viennent de loin. On dirait donc que son tee-shirt est sur le point d'exploser à tout moment, avec un improbable effet Hulk. Mais on s'amuse, les pizzas sont bonnes, le Coca-Cola coule à flots, il y a aussi du pop-corn sucré et il semble que tout le monde se sente bien.

– Le gâteau ! annonce la maman de Lucas.

C'est bizarre de la voir à côté de lui parce qu'elle est blonde et a les yeux verts. C'est son papa qui est noir, mais il n'est pas là. C'est un joueur de basket et le samedi il s'entraîne ou a un match.

Le gâteau est magnifique. Au centre, il y a une toile d'araignée noire dessinée avec des fils de chocolat sur un fond rouge qui doit avoir un goût de fraise. Les bougies sont bleues et Lucas les éteint toutes d'un coup. Onze. Dommage : en la coupant, la toile d'araignée se brise en morceaux irréguliers et à la fin chacun pioche son morceau avec les doigts, en le détachant de la génoise à la crème qu'il y a en dessous.

– Et maintenant, on danse ! hurle Lucas.

La musique démarre et ce n'est ni Satie ni même Tchaïkovski ou Mozart, rien de ce sur quoi ils dansent à l'école cinq jours sur sept : c'est un rythme dur, métallique, qui fait trembler les os comme s'ils étaient montés sur ressort.

Même Laila, absolument pas intimidée, abandonne son coin et se déchaîne sur la piste.

– Ce costume lui va très bien, dit Léda doucement en sautant près de Zoé.

– Parce que c'est un costume de sorcière, c'est ça ? lui demande Zoé.

– Bien sûr. Pour quoi d'autre ?

Beaucoup plus tard, ils sont presque tous partis. Il ne reste plus que Jonathan, Lucas, Zoé, Léda et Laila. Cette dernière regarde continuellement la porte et dit, en se tordant les mains :

– C'est étrange. Maman avait dit qu'elle viendrait à six heures. Vraiment…

Lucas la tranquillise :

– Tu peux rester aussi longtemps que tu le veux, je ne mets personne à la porte. Et puis tu n'es pas la dernière…

Laila regarde ses chaussures (de longues chaussures noires, avec une boucle, des chaussures de sorcière) et dit, nerveuse :

– C'est la première fois que je vais à une fête…

– On ne dirait pas, lui dit Zoé. Tu as dansé tout le temps.

Laila sourit légèrement et confesse :

– J'aime danser sur ce genre de musique.

Puis elle redevient immédiatement sérieuse, comme si elle en avait trop dit.

Maintenant, il n'y a plus de musique mais du silence, dans la pièce saccagée. Le sol est recouvert de kilomètres d'étoiles filantes déroulées, de petites boules de papier mâché et de petites trompettes qui, à force qu'on y ait soufflé, ont perdu leurs sifflets, ainsi que de ridicules chapeaux en forme de cône à pois et à étoiles brillantes. Et puis il y a cette sensation d'épuisement qui tombe dessus après une fête, lorsque l'on est heureux mais fatigué et que l'on voudrait être à des kilomètres de là, dans un endroit tranquille et rangé, pour repenser calmement à tout ce qui s'est passé.

«Il ne s'est pas passé grand-chose, pense Zoé. C'était une belle fête, oui. La vraie surprise a été Laila, une surprise dont on ne sait que faire, que l'on ne sait comment interpréter : peut-être que sa maman l'a amenée parce qu'elle avait des choses à faire. Ou peut-être que c'est elle qui a demandé à venir, qui a insisté, pour la première fois après tout ce temps ? Mais pourquoi ? Veut-elle devenir l'amie de quelqu'un ? N'est-elle venue que parce qu'il y avait Jonathan ? Mais est-elle encore amoureuse de lui ? »

Que de questions… On sonne à la porte. La maman de Lucas ouvre : c'est la mère de Laila. Elle a les cheveux roux, courts comme un garçon, et de grands yeux noisette, avec de très longs cils. Elle est menue, un physique de danseuse, on dirait. Elle cherche sa fille des yeux et ses yeux brillent lorsqu'elle la voit. « Je suis là, trésor », lui dit-elle, et elle ouvre grand ses bras. Laila plonge dans cette étreinte puis, comme si elle était gênée, elle se retire, fait un pas en arrière et sourit, embarrassée.

– Allons-y, maman.

Elle se tourne et salue tout le monde, une seule fois, de la main.

– Qu'elle est étrange, dit Léda, à l'attention de tous, lorsque la porte s'est refermée.

– Qui, elle ou sa mère ? Parce qu'en ce qui

concerne Laila, on le sait qu'elle est étrange, dit Lucas.

— Je ne sais pas. Toutes les deux, dit Léda.

— Je suis content qu'elle soit venue, dit Lucas. Peut-être que rester toujours toute seule ne lui réussit pas.

— Tu as eu raison de l'inviter, dit Zoé.

Et tout le monde fait « oui » de la tête.

8. Les costumes

— Est-ce que tu l'aimes ?

Léda a un nouveau jean, taille basse et fond bas, le genre de jean que l'on traîne derrière soi un peu comme les princesses leur traîne, sauf que l'on marche dessus et qu'il finit sale et déchiré en quelques jours. Et c'est exactement comme cela qu'il doit être.

— Il est joli, commente Zoé. Il te va très bien.

Et c'est vrai, parce qu'avec ses jambes longues et fines, Léda porte très bien les vêtements amples et fluides qui, sur une fille plus petite, seraient affreux. De plus, ce jean a un petit cœur rouge sur la poche droite, celle dans laquelle on met la main, et un grand, à rayures roses et jaunes, brodé en bas de la jambe gauche.

Zoé ne s'intéresse pas beaucoup à la mode. Lorsque sa maman, ses sœurs et elle vont piller les magasins, comme dit Sara, elle aime bien regarder mais préfère laisser les autres lui donner des

100

conseils. Et comme les autres sont toujours au moins trois (même Marta a les idées plutôt claires sur ce sujet), elle leur fait confiance et, en général, elles ont bon goût. Il n'y a qu'une chose très claire, qu'elles savent toutes : elle n'aime pas le rose.

– Tu es une danseuse étrange, lui a dit une fois, Léda à ce propos. Toutes les danseuses aiment le rose. Regarde un peu autour de toi.

Elles se trouvaient dans le vestiaire et pour tout dire, entre les cache-cœurs, les guêtres et les élastiques à cheveux, c'était une vraie fête du rose, comme d'habitude. Zoé a légèrement plissé les yeux afin de voir trouble, et le monde est devenu une danse de taches roses, petites, moyennes et grandes.

Une autre chose qu'elle n'aime pas, c'est se déguiser. Parfois, elle a l'impression que certaines de ses camarades, sans s'en rendre compte, se déguisent plus qu'elles ne s'habillent – comme à l'anniversaire de Lucas, mais de façon plus discrète ; ça se remarque à peine et pourtant c'est vrai. Par exemple, Laila est déguisée en petite fille d'il y a trente ans. Cela doit venir de sa maman : chaussures vernies (elle ne sait même pas ce que sont les baskets), jupes plissées écossaises, chemisiers blancs, pull-overs rouges ou bleus… On la croirait sortie d'un vieux film, la petite fille sage typique : il ne lui manque que les deux tresses attachées par des rubans, et si elle n'en a pas, c'est uniquement parce que le règlement de l'école interdit les tresses. Alessia, qui est celle qui suit le plus la mode (et là aussi sa maman doit être complice), a toujours l'air de sortir d'une de ces publicités un peu idiotes dans lesquelles les petites filles sont habillées comme leur poupée préférée. Comme si on pouvait sérieusement désirer s'habiller en poupée. Toutefois, elle aime les couleurs vives (fuchsia, violet, vert fluo), ce qui brille, et a des chaussures à semelles compensées qui lui donnent l'impression qu'elle est géante et lui confèrent une démarche étrange, un peu comme celle d'une oie. Toutes les danseuses ont déjà tendance à marcher en canard…

Léda est à mi-chemin entre elles deux. Le fait est que, comme elle est fille unique, sa maman ne lui refuse rien : si elle demande quelque chose, elle l'obtient le jour suivant. Zoé n'aime pas trop cela, mais comme elle suppose que c'est de l'envie, elle ne dit rien.

— Toi aussi tu devrais t'acheter quelque chose pour les grandes, lui dit Léda, pensive.

C'est la récréation et il pleut, elles ne sont donc pas dans la cour mais dans le couloir et regardent par la fenêtre les feuilles alourdies par la pluie. Parfois, lorsqu'il pleut, Zoé est déprimée. Lorsqu'il fait beau, cela ne lui arrive jamais : « Tu es météoropathique », lui dit sa maman, et on dirait presque le nom d'une maladie, mais cela signifie que son humeur change en fonction du temps, et il n'y a rien de mal à cela.

– Quelque chose pour les grandes ? murmure Zoé, distraite. Il y a un oiseau au milieu de la cour, il a l'air tout petit et très mouillé. Pourquoi ne sautille-t-il pas jusque sous le magnolia ? Ses feuilles sont si épaisses que l'eau n'y passe sûrement pas.

– Oui, quelque chose qui te ferait paraître plus âgée, insiste Léda. Pour qu'on te regarde.

– Pour que qui me regarde ? Toi ?

Zoé rit : l'idée de mettre des vêtements pour qu'on la regarde lui semble vraiment étrange. Et puis dernièrement c'est plutôt le contraire, elle préfère n'attirer l'attention de personne.

– Mais voyons, Jonathan, par exemple.

Zoé doute qu'un tee-shirt de couleur ou un pantalon qui paraît trop grand puissent avoir un quelconque effet sur Jonathan. Ce qui doit avoir le plus d'effet sur lui, c'est Barychnikov, le basket et la Playstation, suspecte-t-elle.

– Est-ce que tu crois vraiment que les garçons font attention à ce que nous portons ? Ou plutôt, est-ce que tu crois qu'ils font attention à nous ?

Léda répond méchamment, presque vexée :

– Ma maman dit qu'il faut prendre soin de soi si on veut plaire.

Zoé se tait. Elle n'a pas envie de se disputer avec Léda, il pleut trop pour se disputer. Et puis elle ne saurait pas trop quoi répliquer : elle a les idées confuses au sujet de cette histoire. Il lui suffit de plaire à sa maman et à son papa, à Marta, à Sara aussi, à Léda naturellement, et à Lucas. Plaire dans le sens d'être bien ensemble, d'être gentil les uns avec les autres, des choses de ce genre. Mais, juste pour l'exemple, elle sait qu'avec Jonathan, c'est autre chose. Et puis elle sent aussi que, pour le moment, elle n'est pas capable de s'investir dans cette histoire.

Il pleut toute la semaine. Heureusement qu'il y a d'autres distractions. Démétra a enfin révélé au monde les costumes du spectacle. Pendant leur temps libre, les récréations, défile une procession vers l'atelier de couture, parce que, outre son propre costume, on aime bien voir ceux des autres.

Les grandes, par exemple, celles de huitième année, qui danseront une chorégraphie qui s'appelle *Été* et a été créée pour elles par Jasper Jones, le directeur du corps de ballet du théâtre de l'Académie, ont de longs tutus empesés aux cou-

leurs du soleil : jaune, orange, rouge.
Les garçons sont vêtus de violet et
de bleu carbone, comme certaines
bandes du coucher de soleil, mais
on sait que les garçons, les pauvres, doivent
presque toujours se contenter de justaucorps et de
collants, rien d'autre. A vrai dire, pas les garçons
de première année de second cycle : leur ballet
étant composé de morceaux du répertoire roman-
tique, ils ont de beaux gilets bleus de princes de
contes, tout brodés d'or, très assortis aux longs
tutus de leurs partenaires. Les garçons de cinquième année de premier cycle, Lucas et les
autres, porteront un justaucorps gris à manches
trois quarts. Les filles, elles, ont crié de joie à la
vue des fameux tutus courts, gris et argent, ceux
dont Zoé avait déjà vu les dessins longtemps
auparavant – mais elle avait été forte et ne l'avait
dit à personne : un secret est un secret. Il y a aussi
le frac noir destiné à Laila, avec le pantalon large
retenu par des bretelles, la chemise blanche et le
nœud papillon. Mais sur leur portant, où les costumes sont tous épinglés d'un papier où est écrit
le nom de chacun, il n'y a pas le tutu de Léda.
Dans ce brouhaha, celle-ci ne s'en est pas rendu
compte. Mais Zoé, si.

Et maintenant elle se retrouve avec un autre secret, bien plus important, un de ceux qui brûlent tellement que l'on voudrait immédiatement en parler avec quelqu'un, pour s'en libérer, en espérant qu'il tiédisse. Mais non. A qui pourrait-elle en parler ? Certainement pas avec Léda : ce n'est pas à Zoé de lui dire que ses doutes sont probablement fondés, que Mme Olenska a peut-être pensé qu'elle ne la laisserait pas continuer et ne la veut même pas dans le spectacle. Mais alors à qui ? Elle pense que Lucas ne saurait rien lui dire de réconfortant, lui qui est en train d'échanger des vignettes avec Matteo, il a autre chose en tête. Alors elle garde tout pour elle, et lorsque Léda lui demande :

– Ça va ? Tu as la tête de quelqu'un qui a mal au ventre…

Elle répond, d'une voix faible :

– Un peu. J'ai dû manger quelque chose de bizarre.

Un excellent prétexte pour demander à aller aux toilettes, afin de respirer un peu. Dans le miroir au-dessus du lavabo, son reflet est pâle. Si Léda devait partir, elle en aurait le cœur brisé… et elle resterait toute seule. Un peu honteuse, Zoé chasse immédiatement cette pensée égoïste : ses sentiments ont-ils la moindre importance face au désespoir ressenti par Léda ?

Zoé boit un peu d'eau au robinet. Elle est tiède et a goût de métal ; elle est dégoûtante. Elle s'essuie les mains avec un papier dont des petits bouts humides se détachent et restent collés à sa peau. Elle les roule nerveusement entre ses doigts. Elle a décidé de ne rien dire et se sent déjà un grand poids sur l'estomac.

L'après-midi, pendant le cours, Mme Olenska frappe trois fois le sol de sa badine et annonce :

– Il y a du changement. La chorégraphie est un peu modifiée.

« Voilà », pense Zoé, et elle respire à fond pour calmer les battements de son cœur qui s'est emballé.

Les autres se contentent de regarder leur professeur avec curiosité : même Léda a les sourcils froncés et ne se doute de rien.

– En ce moment, vous êtes tous en train de changer. C'est normal, c'est la croissance. Mais il est maintenant évident que vous n'êtes pas tous faits pour la danse classique.

Tout le monde se raidit un peu.

– Cela signifie que certains d'entre vous n'interprètent pas au mieux quelques-uns des pas.

Un pied nerveux frotte le sol. Nous y voilà.

– J'ai donc décidé de modifier une partie de votre ballet. Les *Gymnopédies* ne subiront aucun changement. En revanche, dans le dernier groupe qui danse sur la *Fanfare* de Mozart, je garde seulement Alessia et Flore. Quant à toi, Léda…

Un moment de suspension. Léda pâlit.

– Et toi, Lucas…

Lucas ? Mis à la porte lui aussi ? Mais il est si doué.

– Je disais donc que vous deux, vous clôturerez la chorégraphie avec une *coda*[1] contemporaine. Comme cela. Maître Fantin, s'il vous plaît.

Maître Fantin plaque deux accords fracassants sur le clavier. Dans le même temps, avec une habileté de prestidigitateur, Mme Olenska se libère en deux mouvements de ses caftan et turban, et se retrouve en justaucorps et jupette noirs. Ses cheveux sont très noirs, tirés en un chignon parfait. Personne ne l'a jamais vue ainsi.

Et sur les notes joyeuses des dernières phrases musicales, Mme Olenska fait quelque chose qu'aucun d'entre eux ne l'a jamais vue faire auparavant : elle danse. Un fossé sépare ses mouvements des sauts gracieux et conventionnels réservés aux trios. Il y a peu de pas, mais ce sont des pas de danse contemporaine : le corps se replie sur lui-même et s'élance, se replie et s'élance à nouveau, puis tourne sur lui-même, aussi rapidement qu'une toupie, pour s'immobiliser les bras tendus.

Voilà, c'est déjà terminé. C'était très beau.

1. Final d'un ballet classique.

Instinctivement, Zoé applaudit. Elle est la seule. Personne n'ose l'imiter.

Mme Olenska fait une révérence brève et sèche.

– Voici les pas. Léda et Lucas, vous les ferez en miroir. Et je veux que vous soyez parfaits. Cela signifie qu'ils devront se regarder en dansant, face à face, et chacun devra avoir vraiment l'air d'être le reflet de l'autre. Aussi différents qu'ils soient, ils devront essayer d'être identiques. Il ne reste pas beaucoup de temps, ajoute Mme Olenska. Aujourd'hui, nous commencerons donc avec vous. Et j'attends que vous vous entraîniez également tout seuls, afin de ne pas nous décevoir, votre public et moi. La salle est ouverte après les cours, vous le savez. Jusqu'à dix-neuf heures. Organisez-vous. Maintenant allez, en diagonale. On commence. Maître Fantin…

Appuyée contre la barre, Zoé regarde Mme Olenska précéder ses deux amis le long de la diagonale. Quant à eux, ils gardent les yeux fixés sur leur professeur et l'imitent, ensemble, en s'adaptant à la musique, en se laissant porter par les notes. C'est vrai, on dirait des pas très simples, mais même Lucas, l'athlète, hésite.

Voilà pourquoi il n'y avait pas de tutu pour Léda sur le portant réservé à leur classe. Parce que Léda aura un justaucorps et un collant de danseur moderne semblables à ceux de Lucas. C'est bien. Alors elle avait donc raison : Léda peut devenir une vraie danseuse, différemment. Peut-être pourra-t-elle commencer maintenant, dès la fin de ce spectacle.

Voilà, ils ont fini mais reviennent immédiatement en courant dans l'angle de la salle d'où part leur diagonale. Mme Olenska est magnifique, on pourrait rester là et la regarder sans jamais se fatiguer. En comparaison, ils sont si maladroits. Mais Mme Olenska ne dansera pas au spectacle et d'ici là ils seront devenus très, très bons : les meilleurs. Zoé en est sûre.

Elle regarde autour d'elle : tout le monde regarde la scène avec fascination, aucun de ses camarades n'est distrait. Il lui semble également lire une pointe de jalousie envers Léda dans les yeux de Laila, mais peut-être est-ce une impression ou est-ce elle qui veut la voir. Ou bien elle envie Mme Olenska : à ce moment-là, il est impossible de penser qu'aucun d'entre eux puisse un jour l'égaler.

Mais ils ont encore le temps. Et en regardant aussi on apprend.

9.
Les invitations

– Qu'est-ce qu'elle a, Laila ?

Paola a l'air étrangement soucieuse dans les vestiaires. Ce n'est probablement que de la curiosité. C'est Léda qui répond, puisque Laila ne semble pas capable de le faire :

– Rhume des foins. C'est affreux, hein ?

Vraiment terrible. La pauvre Laila est affalée dans son coin, secouée par une série de terribles éternuements qui à chaque fois lui coupent le souffle. Elle a le visage tavelé et la peau sous le nez très irritée, ce qui arrive lorsqu'on se mouche beaucoup.

– Mais cela ne lui est jamais arrivé… commente Paola.

– Le médecin lui a dit que cela pouvait se produire tout de même. Une année tu ne l'as pas et puis soudain tu l'attrapes. Et tu le gardes toute ta vie, explique Léda, un peu lugubre.

– Mais elle ne peut rien prendre ?

– Maintenant qu'elle sait qu'elle l'a, elle pourra se faire vacciner afin de ne pas l'avoir l'an prochain. Mais elle dit que les médicaments lui donnent sommeil. Soit elle s'endort, soit elle éternue.

– La pauvre, dit Paola. Et Zoé, qui était en train de ranger ses vêtements dans son sac, se tourne d'un coup, stupéfaite.

La pauvre ? Et c'est Paola qui dit cela de Laila ? C'est incroyable !

Mais c'est réellement une période incroyable. En effet.

– Elle devrait utiliser des mouchoirs en tissu, au moins elle n'aurait pas la peau toute gercée, dit Flore.

– Dis-le lui à elle, pas au monde entier, inter-vient Zoé.

Flore lui décoche un regard courroucé, mais se tourne ensuite vers le coin de Laila et lui dit :

– Tu devrais utiliser des mouchoirs en tissu. Regarde, j'en ai un. Est-ce que tu le veux ?

Entre deux éternuements, Laila trouve le moyen de faire « oui » de la tête, et le précieux petit rectangle change de main. Puis on entend :

– Oh mon filet à cheveux s'est déchiré et c'était mon dernier. Est-ce que l'une d'entre vous en a un de trop ?

C'est Anna qui vient de parler et trois filets à

cheveux neufs, encore emballés, sortent subite-
ment des sacs. Le chignon est sauf.

Et encore :

– Est-ce que vous vous maquillerez pour le
spectacle ? Mme Olenska ne veut pas, cependant…

Et Zoé :

– Démétra a dit que c'est elle qui nous
maquillerait, si nous n'en parlons à personne.
Juste ce qu'il faut. Mais nous devrons arriver deux
heures plus tôt, pour ne pas nous faire prendre.

Comment définir ces nouvelles attitudes ?
Est-ce de la solidarité ? On ne peut pas dire que
les choses ont beaucoup changé, entendons-nous
bien. Et on le voit en classe, lorsque chacun des
élèves est dans son monde ; Léda et Zoé aussi s'ef-
forcent d'atteindre la perfection chacune de son
côté, car des pas très différents les séparent maintenant. Et si quelqu'un reçoit une réprimande,
c'est chacun pour soi : personne ne viendra le
consoler ou se montrer compréhensif. Parce que
tout le monde sait que la prochaine remarque
pourrait être pour lui.

Mais on se sent bien. C'est la fin de l'année et,
à part Laila, Zoé a la sensation qu'ils sont tous
pleins d'énergie alors qu'ils devraient être fati-
gués. Et pourtant lors des répétitions (désormais il
n'y a plus de cours, uniquement des répétitions)

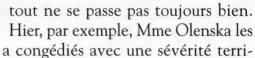 tout ne se passe pas toujours bien.
Hier, par exemple, Mme Olenska les
a congédiés avec une sévérité terri-
fiante. Lorsqu'elle est sortie, ils sont tous restés là,
paralysés. Ils sont conscients qu'il est facile de se
tromper. Et si cela se produisait sur scène ? C'est
une pensée qu'ils n'expriment pas, mais que tous
partagent certainement.

Finalement Laila a bougé et, comme si un
maléfice venait de les quitter, ils sont partis lentement, avec des gestes mécaniques, tels des auto-
mates à peine réparés mais encore rouillés.

Zoé a été la dernière à sortir de la salle et
Maître Fantin, juste avant qu'elle ne parte, a
commencé à jouer une musique très douce et
rapide. Zoé a compris qu'il s'agissait d'une valse,
c'est facile : un, deux, trois. Mais elle n'a pas
reconnu le compositeur. Elle s'est arrêtée,
presque sur le seuil, sans se retourner jusqu'à la
fin du morceau.

– Chopin, lui a ensuite dit Maître Fantin,
encore caché par le piano. Cela te prend aux
tripes, hein ?

– Est-ce que vous pourriez le jouer encore une
fois ? a demandé Zoé, très bas, pour lui accorder
l'excuse de ne pas l'avoir entendu, au cas où.
Maître Fantin est vieux et très petit, il a les cheveux tout blancs, des lunettes rondes, et il s'ha-

bille toujours de manière soignée, avec veston, cravate et gilet. Même lorsqu'il commence à faire chaud, comme maintenant.

– Bien sûr, a-t-il dit.

Il a joué deux accords, comme à chaque fois qu'il va commencer. Zoé a à peine eu le temps de retourner au milieu de la salle, d'un léger pas de course. Et c'est parti.

Il lui était déjà arrivé, cela va sans dire, d'improviser une série de pas sur des musiques qu'elle aimait. Elle le fait parfois à la maison : il y a eu la période Tchaïkovski, après que sa maman et son papa l'aient emmenée voir *Casse-Noisette*, et « la Danse de la fée dragée » n'avait plus de secret pour elle. Puis il y a eu la période Debussy, même s'il n'est pas facile de danser sur cette musique imprévisible, mouvante comme l'eau. Bien sûr, elle ne l'a jamais fait, ici à l'école, dans une vraie salle de danse. Elle se regarde dans le miroir, mais ce n'est pas par vanité : c'est pour se contrôler, comme le font les vraies danseuses lorsqu'elles s'exercent. Et elle enchaîne une série de pas lents et solennels, lents et un peu tristes, tout comme la musique qui court sur les touches du piano.

À la fin, elle se fait la révérence, une révérence profonde.

– Bravo, lui dit Maître Fantin lorsqu'elle passe devant lui.

– Vous m'avez regardée ? lui demande-t-elle, étonnée. Vous avez joué sans regarder la partition ? Vous la connaissez par cœur ?

– Bien sûr. Je connais par cœur toute la musique que j'aime, lui répond-il. Bon après-midi.

Et il se lève, lui tourne le dos et ramasse ses partitions.

Zoé sort de la salle. Il y a tellement de métiers qui tournent autour de la danse : le professeur, les couturières, les assistants. Et quand on est professionnel, il faut ajouter les techniciens des lumières et du son, les régisseurs, les décorateurs… Et en bas dans la fosse, les musiciens, comme Maître Fantin. Peut-être voulait-il être concertiste, être seul sur scène, un projecteur dirigé sur lui et un parterre au souffle coupé, là, rien que pour lui. Au contraire il joue pour les cours, toujours la même musique, et un et deux et trois et quatre. Il joue pour eux. Tous ces gens qui travaillent pour eux. N'est-ce pas étrange ?

Dans le couloir, Zoé croise Mme Olenska.

– Excusez-moi, lui dit-elle, sans même y penser. Est-ce que Maître Fantin viendra au spectacle ?

Mme Olenska la regarde et s'arrête.

– Je ne saurais dire, répond-elle. Peut-être en

a-t-il assez de vous ? Après tout, il vous voit chaque jour.

– Ou peut-être pas, dit Zoé. Est-ce que nous pouvons l'inviter ?

Mme Olenska réfléchit un instant.

– Pourquoi pas ? dit-elle. Je demanderai à Mlle Elsa de lui donner une invitation.

Mlle Elsa est la secrétaire et lui soutirer une invitation n'est pas une mince affaire. Chaque famille d'élève en reçoit quatre, pas une de plus. Et ceux qui, comme Zoé, ont une famille nombreuse ne peuvent pas inviter tout le monde. Par chance, la grand-mère de Zoé peut utiliser une des invitations de Léda qui, elle, a une toute petite famille.

Parfois, Zoé aimerait pouvoir inviter quelqu'un d'autre. Élisa, par exemple, la petite fille du deuxième étage : lorsqu'elles étaient petites, elles jouaient ensemble, parfois. Maintenant elles ne peuvent plus, Zoé n'a plus beaucoup de temps pour jouer après l'école. Elle imagine qu'Élisa aussi a ses occupations, ses amies. Lorsqu'elles se rencontrent dans l'ascenseur, elles se sourient toujours comme si elles étaient encore petites et libres. Mais l'instant s'évanouit si vite… Et puis peut-être qu'Élisa ne s'intéresse pas à la danse : l'après-midi, elle va faire du patinage artistique et apprend le français. Peut-être qu'au spectacle de

Zoé, elle s'ennuierait ou penserait que son ex-amie veut prendre de grands airs…

Non, pour cette année elle est contente comme cela. Une invitation en plus, c'est déjà bien. Pourvu que Maître Fantin vienne! Mais sans savoir pourquoi, Zoé sait qu'il viendra.

10. La répétition générale

Le moment tant attendu est arrivé. On dit que si tout va de travers pendant la répétition générale, le spectacle se déroulera à la perfection. Et vice versa. Par conséquent, on ne sait jamais quoi espérer, quoi désirer, même s'il est évident que Mme Olenska exige la perfection ici et maintenant, et aussi dans trois jours, au spectacle. Tout gâcher exprès ne marcherait pas. Personne ne le ferait, pour ne pas se sentir humilié devant tous les élèves de l'école postés dans les coulisses. Il ne resterait plus qu'à disparaître en espérant qu'une trappe s'ouvre sous vos pieds, là sur scène. Ou bien fondre comme un bonhomme de neige, ne laissant qu'une mare liquide que le bois absorberait rapidement.

C'est bien d'avoir une loge à la place des vestiaires. Il y a un grand miroir encadré d'ampoules devant lequel on se maquille, en général, mais qui pour l'instant sert uniquement à voir ses propres défauts. Zoé se regarde et trouve que sa bouche est trop grande, mais on ne peut rien y faire, même avec le maquillage. Elle presse même ses lèvres l'une contre l'autre afin d'effacer le peu de gloss que Démétra leur a accordé et qui semble encore plus faire ressortir ses lèvres.

– Qu'est-ce que tu fais ? Tu es en train de tout enlever, et il reste encore une heure ! lui crie Léda.

Zoé hausse les épaules et tourne le dos à son propre reflet.

– Allez, pousse-toi, c'est à moi de me regarder dans le miroir, lui dit Anna.

Elle obéit et s'assied sur une des chaises contre le mur. Elle devrait se sentir pleine d'énergie, au contraire elle est épuisée par l'attente.

Mme Olenska s'est étonnée de les voir prêtes avec autant d'avance, mais elle n'a fait aucun commentaire. Elle est trop occupée avec les petites qui, comme d'habitude, sont un désastre… Zoé est passée devant leur loge – la porte était ouverte – et a vu que l'une d'elles, désespérée, pleurait entourée de trois de ses amies qui essayaient de la consoler sans grand résultat, si bien qu'il semblait presque qu'elles allaient toutes se mettre à pleurer. Elle s'est alors appuyée au montant de la porte et leur a dit :

– Comme vous êtes jolies !…

Elles l'étaient réellement dans leur justaucorps noir, une petite couronne de roses blanches sur la tête. Celle de la petite fille qui pleurait était tout de travers à cause de l'émotion. Zoé la lui a arrangée et lui a caressé les cheveux.

– Je parie que vous êtes très douées, a-t-elle dit, et les petites filles l'ont regardée comme si c'était une apparition.

Elle s'est jeté un coup d'œil dans le miroir, avec tous ces visages ronds autour d'elle, et a compris qu'elle devait vraiment leur sembler être une apparition : les fils d'argent dans le tulle de son tutu et dans ses cheveux font beaucoup d'effet.

– Ben, salut, a-t-elle dit à la fin. On se verra sur scène. Je croise les doigts pour vous.

Et elle est partie en se sentant grande, très grande.

Ensuite, dans le couloir, elle a croisé huit sylphides portant de longs tutus blancs et des pointes, et elle s'est soudain sentie petite, très petite. Elle s'est même appuyée contre le mur pour les laisser passer, sans même oser effleurer le tulle souple de leurs jupes bruissantes. L'une d'elles, déjà devant, s'est retournée vers ses camarades et a dit : « Tout ira bien », avec un sourire de star du cinéma, encadré de vrai rouge à lèvres rouge.

« Si c'est elle qui le dit », a pensé Zoé, ce doit être vrai.

De retour dans la loge pour attendre, Zoé voit Laila silencieuse, les yeux fermés.

– Elle a pris une pastille contre le rhume, elle n'en pouvait plus, explique Flore, compatissante. Et maintenant elle dort.

Les yeux de Laila s'ouvrent d'un coup, mais sa voix est douce, presque aimable.

– Non, je ne dors pas, dit-elle. Je me repose seulement.

Elles rient toutes, mais ce n'est pas un rire moqueur : il est doux, compréhensif.

– Voilà ce que nous allons faire, dit Flore. Nous te préviendrons un quart d'heure avant le début de la répétition, et tu pourras faire quelques pliés pour te réveiller. Je voulais dire pour t'échauffer.

Laila acquiesce d'un signe de tête. Un étrange silence tombe sur la loge. D'habitude, c'est tout un babillage !

Zoé regarde ses camarades : le maquillage a uniformisé les teints, mais on voit très bien que Léda est pâle. Alessia au contraire est trop rouge, comme si elle avait un peu de fièvre : cela lui arrive toujours lorsqu'elle est émue.

– Quelqu'un veut-il encore du gloss ? les défie Anna et, de la poche de sa veste, elle sort un petit tube argenté.

– Tu sais bien qu'on a déjà exagéré. Si Mme Olenska s'en aperçoit, elle se mettra vraiment en colère, dit Sofia, timorée.

– Penses-tu ! Avec tout ce qu'elle doit avoir présent à l'esprit... Et puis, si nous en mettons toutes, si nous avons toutes la même bouche, elle ne pourra pas le remarquer. Allez, qui commence ?

Et, à la manière d'une maquilleuse avertie, elle ouvre le petit tube, en fait sortir le bâton rose vif et prend un mouchoir en papier de la boîte sur la table pour bien le nettoyer.

– Moi, moi ! se précipite Paola. Elle s'assied devant Anna, qui reste debout et se concentre sur son œuvre. Paola est prête en un instant.

Puis c'est au tour des autres. Zoé est l'avant-dernière. Rien pour Laila, qui est habillée en homme et a des moustaches dessinées au-dessus des lèvres. A la fin, Anna en met sur les siennes.

Les voici prêtes, toutes entassées devant le fantasmagorique miroir de diva dont le cercle d'ampoules lumineuses encadre leurs visages. « On dirait une photographie, pense Zoé, une de ces photos que l'on voit dans les magazines, lorsqu'il y a des reportages sur les écoles de danse les plus célèbres du monde. » La leur en fait partie. On voit toujours ces sourires accentués par le scintillement rosé du rouge à lèvres, ces cheveux bien tirés, ces yeux luisant comme des étoiles. Comme si tout le reste, le travail quotidien, les rivalités, les désillusions, l'amertume, pouvait être effacé par une ou deux heures de spectacle.

Mais finalement c'est exactement ce qui se produit. Toute l'année, la très longue année scolaire, semble loin, passée, même si elle n'est pas encore terminée : au bout, tel un guet-apens, il y a les examens d'admission en première année de second cycle. Mais toutes ces émotions valaient la peine d'être vécues, toutes ces petites joies et ces moments difficiles, pour se retrouver ici, maintenant, en train de sourire devant un miroir presque magique en attendant le moment de montrer à tout le monde (c'est un peu un défi) combien des petites filles peuvent être de bonnes danseuses.

Et puis l'instant s'est dissipé. Clarice ouvre grand la porte, sans frapper, et leur dit :

– Vite, c'est presque l'heure, toutes en scène, espérons que les garçons sont prêts. Et on y va.

Laila n'a pas eu le temps de s'échauffer, mais peu importe, elle semble d'un seul coup on ne peut plus réveillée, vive. Son regard brille, vague, presque sans expression. Zoé sent s'appuyer contre elle la hanche de Léda, et celle-ci lui murmure :

– Est-ce que tu as peur ?

Non, Zoé n'a pas peur. C'est la répétition générale. Et elle n'aura pas peur non plus dans trois jours, parce que c'est ainsi que vont les choses : la peur est écrasée par l'excitation, elle s'évapore sur l'instant devant la promesse merveilleuse de la scène (une vraie scène, celle de l'Académie) avec son vaste espace à conquérir.

La porte de la scène toute noire est signalée par une lumière rouge. Lorsque la lumière est allumée, on ne peut pas entrer. Mais à présent elle est éteinte. Clarice l'ouvre en grand, et leur souffle :

– Entrez, entrez. Passé la porte, tout est noir, les murs et les hauts rideaux que l'on appelle coulisses.

Lorsqu'elle les a vues pour la première fois, il y a des années, Zoé s'est surprise à en suivre toute la hauteur, de bas en haut, jusqu'à l'enchevêtrement des tubes et des très hautes passerelles qui constituent le plafond d'un théâtre. Elle en a presque eu le vertige. Puis elle a appris à les connaître, à savoir où se placer afin que de l'extérieur de la scène, depuis la salle, personne ne puisse voir les danseuses qui préparent leur entrée.

Lydia, l'autre assistante de scène, les appelle en silence, en faisant claquer ses doigts et en mimant avec la bouche : « Par ici, par ici. » Il faut faire doucement et elles y arrivent bien avec leurs chaussons souples. Ce sont les grandes, avec leurs pointes, qui doivent alléger leurs pas afin qu'ils ne se transforment pas en une pluie de bruits sourds. Voilà, c'est leur coulisse. Sur scène, il y a les enfants de troisième et de quatrième année, ensemble, dans une espèce de zoo pacifique qui comprend des chats et des souris. Ils bondissent et rebondissent comme de petites balles et Mme Olenska crie par-dessus la musique : « Les fraises ! Les fraises ! » Non, elle n'est pas devenue folle : les fraises sont les adhésifs fluorescents qui ont été collés sur la scène de façon à signaler clairement l'endroit où chaque chat et chaque souris doit s'arrêter. Seulement il est difficile, dans la fougue des bonds, d'atterrir toujours au bon endroit, et il y a un enfant justement qui n'y arrive pas. Mais au troisième cri : « Les fraises ! », ils retournent tous à leur place.

Voilà, ils ont terminé. Les souris d'un côté, les chats de l'autre ; les coulisses sont prêtes à les engloutir. Le grand rideau voisin du leur s'agite, déplacé par la charge d'un troupeau de félins. Pendant un instant, Zoé sent le grand rideau frôler sa joue : il a une odeur profonde de tissu et de poussière. C'est bon.

Et maintenant c'est à eux. Les quatre premiers accords des *Gymnopédies* sont lancés et les garçons entrent par l'autre côté. Chacun d'eux se met en place (eux ont des pommes, pas des fraises). C'est au tour des filles d'entrer sur scène en file indienne : la première est Estella, la plus petite, la dernière est Léda, évidemment. Allez !

– Vite, les filles, c'est à vous ! murmure Lydia, en poussant Estella.

Depuis les coulisses, Zoé voit le grand puits noir du public et la bande brillante des projecteurs qui borde l'avant-scène. Rien d'autre. La musique monte, c'est leur musique. C'est sa musique. A présent il suffit de la suivre, de se laisser prendre, et tout se passera comme il est juste que cela se passe : très bien.

11.
Le final

Tout comme la répétition générale, le spectacle s'est très bien passé. Laila ne s'est pas endormie et Léda et Lucas ont reçu une salve d'applaudissements. Le grand salut final a été éclatant, comme toujours : toute l'école sur scène, rang par rang, année par année, alors que les lumières s'allument dans le public et que les applaudissements redoublent, que la foule se déchaîne, crie et sourit, a donné l'impression aux danseurs de faire partie de quelque chose de grand et d'exceptionnel.

En même temps que le rideau, une étrange quiétude tombe sur eux, les laissant tous silencieux et pensifs.

Devant leur loge, Maître Fantin attend les petites filles. Il a un bouquet de petites roses roses, sans épines, et au fur et à mesure de leur passage il en donne une à chacune, chaque fois avec un bref sourire. Zoé entre la dernière et il lui dit :

– Oh, regarde, il m'en reste trois. J'imagine qu'elles sont toutes pour toi.

Elle lui sourit en les prenant et fait une grande révérence, rien que pour lui cette fois. Il répond d'un léger signe de tête, une sorte de « oui » silencieux.

Alors qu'elles se changent, dans le désordre des justaucorps, collants, chaussons et gilets, on frappe à la porte.

– Entrez, s'écrie Laila, pour tout le monde.

C'est Mme Olenska.

– Je suis satisfaite, dit-elle, en les regardant l'une après l'autre. Vous vous êtes très bien comportées.

Et elle ajoute :

– Je vous dis à lundi, en cours. Révision générale de la barre pour l'examen, naturellement.

Après qu'elle a refermé la porte, Anna l'imite, le nez en l'air et les yeux mi-clos :

– Révision générale.

– Je crois que c'est sa manière de nous dire que nous avons été bonnes, dit Zoé. Elle n'avait jamais rien dit de tel auparavant. A la fin des autres spectacles, je veux dire.

– Tu as raison, dit Laila.

S'ensuit un éternuement inouï, à faire trembler les murs. Fin de l'effet du médicament.

Elles éclatent toutes de rire.

Zoé est la dernière, elle aime faire les choses tranquillement. Léda lui dit :

— Je t'attends dehors, et Zoé dit « oui », tout en mettant ses tennis.

Zoé se regarde une dernière fois dans le miroir, tout à elle à présent, et elle s'étonne de se voir encore maquillée : les yeux rendus plus profonds par ce peu de fard à paupières gris perle, la bouche un peu trop rouge malgré tout. Au-dessus du polo bleu et du jean, ce visage ne semble même pas être le sien, il lui semble faux. Alors elle prend dans son sac une lingette démaquillante (cadeau de Sara, qui en a un paquet entier et les utilise chaque soir) et se la passe sur le visage. Sa peau est fraîche et un peu humide, et un léger parfum de rose flotte dans l'air.

Les roses. Zoé met son sac en bandoulière et prend en dernier sur la table les trois roses de Maître Fantin. En regardant derrière elle avant de sortir, elle s'aperçoit que certaines de ses camarades dans leur précipitation ont oublié les leurs. Son bouquet s'agrandit…

Il fait encore beau dehors (dans le fond il n'est que six heures, c'est presque une soirée d'été) et le soleil brille, heureux, et forme des taches, entre les feuilles des grands arbres. Lucas dit :

— Tu viens ? On va manger une pizza tous

ensemble, mais avant on va jouer dans le parc, et il indique ceux qui sont compris dans le programme : Léda et sa maman, sa propre famille, celle de Zoé, Jonathan avec sa maman, son papa et sa petite sœur qui est couverte de taches de rousseur et a les cheveux les plus roux du monde.

Zoé lui répond :

– Je ne peux pas jouer, j'ai les roses.

– Je peux te les garder, propose gentiment Sara. Je te jure que je ne les abîmerai pas.

Zoé les lui confie et court après Lucas qui est déjà devant avec Léda, Jonathan, Marta et la petite fille rousse.

Sara a tenu sa promesse. Les six petites roses pointent dans un joli vase blanc sur la table de chevet de Zoé. Elle a l'impression qu'avoir des roses fait d'elle une jeune fille. L'une des roses a commencé à perdre ses pétales : deux sont tombés au pied du vase. Ils sont beaux eux aussi.

Zoé les regarde : on dirait qu'ils brillent dans le noir. Il fait nuit. Elle laisse toujours les volets entrouverts et la lumière de la rue suffit à allumer ses roses, à les rendre claires et lumineuses.

Elle est contente. L'année scolaire n'est pas encore terminée, il reste l'examen : un autre obstacle à franchir, une autre épreuve à affronter. Un autre objectif à atteindre. Pour avancer. A pas de danse. Vers ce qu'il adviendra.

Table des matières

Beatrice Masini
L'auteur

Beatrice Masini vit et travaille à Milan où elle est née. Elle est mère de deux enfants. Tout en écrivant des romans pour la jeunesse, elle est aussi traductrice (elle a notamment traduit en italien *Harry Potter et le prisonnier d'Azkaban* et *Harry Potter et la coupe de feu*), et exerce également les métiers d'éditrice et de journaliste.

Elle aime écrire des histoires proches de la réalité quotidienne des enfants (doutes, conflits avec la famille, complicité avec les amis) qui glissent doucement vers la fiction. Elle a publié à ce jour plus de trente livres pour enfants qui ont reçu de nombreux prix et ont été traduits à l'étranger. En 2004, Beatrice Masini a été distinguée par le prix Andersen couronnant le meilleur auteur de l'année.

Sara Not
L'illustratrice

Sara Not a étudié l'art et le design à la Nouvelle Académie des arts de Milan. Elle a débuté dans le dessin de motifs de tissu avant de se consacrer à la fois à l'illustration de romans de jeunesse et de magazines féminins.

Elle est aujourd'hui une illustratrice réputée. Après une année passée à Paris, elle s'est installée à Trieste où elle vit toujours.

coups, fait des pirouettes. On dirait qu'il danse. Et c'est ce qu'il aime Billy, danser. Et il est doué. Si doué qu'il pourrait un jour devenir danseur étoile. Mais pour ça, il va devoir se battre. Pour la famille Elliot commence alors un nouveau combat, un combat plein d'espoir...

La lettre allemande
Géva Caban
n° 1097

L'été, la plage. Trois garçons, Olive, Ju, Mo, douze ans, et une fille, Lo, huit ans, vont explorer un blockhaus interdit. Ils découvrent deux lettres en allemand. Une femme écrit «mon amour, ton fils est né hier». Un homme répond «mon fils, toi là-bas, mais ici c'est la guerre, l'enfer». Lo, qui n'a pas connu son père, et dont la mère est loin, loin, veut rechercher l'enfant né dans la lettre il y a plus de cinquante ans...
A travers l'histoire de la lettre allemande, à travers l'Histoire, que va découvrir Lo de sa propre histoire?

P.S. Réponds-moi vite!
Paula Danziger/ Ann M. Martin
n° 950

Tara Starr et Elizabeth sont les meilleures amies du monde. Mais Tara déménage... Elles décident alors de s'écrire et de se raconter leur vie quotidienne : l'école, les parents, les copains, les secrets. Lorsque les problèmes surgissent, les deux amies se réconfortent. Mais il n'est pas toujours facile de tout se dire ni d'aider l'autre sans la blesser. Tara et Elizabeth se reverront-elles un jour?

Deux célèbres auteurs pour la jeunesse ont associé leurs talents pour échanger cette correspondance pleine de spontanéité, à la fois drôle et grave.

Elle s'appelait Marine
Philippe Delerm
n° 901

Entre les soirées à la ferme des Sorno, la pêche, le vélo, ses visites à sa grand-mère au cimetière de Saint-Jean et le collège, la vie de Serge Delmas, élève de 5ᵉ, s'écoulait, paisible et sans histoires. Puis Marine est arrivée, juste avant les vacances de Pâques. La nouvelle habite au château du Bouscat et son père est peintre. A Labastide, il y a des commérages... On parle aussi beaucoup de la construction de la centrale. Un référendum est prévu mais les événements vont bientôt prendre un tour plus tragique. Serge prendra-t-il le parti de son amie?

Comment éduquer ses parents
Pete Johnson
n° 1323

«Je m'appelle Louis. Je ne suis pas ce qu'on appelle un enfant difficile, mais je ne suis pas non plus du genre à me tuer au travail, à rester des heures devant un exercice de maths. Enfin, vous voyez ce que je veux dire... Moi, j'aime bien rigoler, je voudrais d'ailleurs devenir comique plus tard. Tout allait bien dans ma vie, jusqu'au jour où mes parents ont décidé de faire de moi un enfant modèle. Alors là, j'ai carrément dû prendre les choses en mains!»

Manolito
Elvira Lindo
n° 814

Je m'appelle Manolito, dit le Binoclard. J'ai un défaut: je parle sans arrêt. Un jour ma mère m'a emmené chez Mme Espéranza, la psychologue de mon école. Et je lui ai raconté ma vie: mon grand-père qui est génial même s'il ronfle; ce traître de Grandes Oreilles, mon meilleur ami; Paquito Medina l'extraterrestre; ce crâneur de Yihad; mon petit frère que j'appelle le Bêta; que je veux devenir roi et que je hais mon duffle-coat... M'dame Espéa eu l'air de trouver ça normal. Elle n'a peut-être pas assez écouté...

Une saison avec les loups
Catherine Missonnier
n° 1188

Clément vit avec sa mère qui observe et étudie les loups revenus vivre dans les hautes vallées des Alpes. Lorsqu'elle disparaît, victime d'un accident, il n'a plus qu'une idée en tête: protéger une louve et ses louveteaux qu'ils avaient découverts ensemble. Car les bergers voient d'un mauvais œil ces prédateurs qui attaquent leurs troupeaux. Clément va se battre pour prouver que, aujourd'hui encore, chacun a sa place dans ces montagnes. Et redonner un sens à sa vie...

Catherine Certitude
Patrick Modiano
n° 600

Comme son papa, Catherine Certitude porte des lunettes. Et une paire de lunettes, cela complique parfois la vie : par exemple lorsqu'elle est obligée de les enlever au cours de danse. Car Catherine rêve de devenir une grande danseuse comme sa maman qui vit à New York. Mais ses lunettes lui offrent l'avantage de pouvoir vivre dans deux mondes différents : le monde réel, tel qu'elle le voit, quand elle les porte, et un monde plein de douceur, flou et sans aspérité si elle les ôte.
Un monde où elle danse comme dans un rêve...

Kamo, l'agence Babel
Daniel Pennac
n° 800

Pourquoi Kamo doit-il absolument apprendre l'anglais en trois mois ? Qui est donc Cathy, sa mystérieuse correspondante de l'agence Babel ? Se moque-t-elle de lui ? Est-elle folle ? Devient-il fou ? Pourquoi ses lettres nous font-elles si peur? Et les autres correspondants de l'agence Babel, qui sont-ils? Fous, eux aussi? Tous fous? Qui est donc l'étrange vieille qui semble régner sur ce monde? Menez l'enquête avec son meilleur ami: il faut sauver Kamo!

A nous deux!
Jacqueline Wilson
n° 966

Rubis et Jade sont de vraies jumelles. Néanmoins, si l'une est bavarde, l'autre est beaucoup plus réservée. Elles vivent avec leur père et leur grand-mère mais l'arrivée de Rose, la nouvelle amie de leur père, va bouleverser leur existence. Les jumelles qui la détestent se promettent de lui en faire voir de toutes les couleurs. Elles ne sont pourtant pas toujours du même avis. Seront-elles vraiment Rubis et Jade pour la vie?

Mise en pages: Dominique Guillaumin

Loi n°49-956 du 16 juillet 1949
sur les publications destinées à la jeunesse
ISBN 2-07-057525-X
Numéro d'édition: 140706
Numéro d'impression:
Dépôt légal: avril 2006
Imprimé en Espagne par Novoprint (Barcelone)